記憶の風景

鹿児島県志布志 昭和を生きた

鈴木成光

南方新社

はじめに

文字を書くということは、私の数ある苦手意識の中で、いまは最たるものである。それなのにこりもせず、第一作目『戻ってみたい　もう一度』（南方新社）についで、またもペンをとった。

一作目のときは、不自由になった右半身のリハビリのつもりでペンをとったが、そのこと以外、何を書こうという目的意識のような大それたものがあったわけではない。ただ、いつも人知れず心の中に潜む「元気に歩きたい、話したい、健康でありたい」という強い願望が働いていたことが発端である。

ミミズの這ったような文字。書いた当の本人である私ですらも読むことのできない暗号のような文字であった。私はそんな文字を書きなぐっていたのである。

何年もの歳月が流れた。

気が付くと、机の上は知らず知らずのうちに書き崩した原稿用紙でいっぱいになっていた。そしてそれを片付けようとして、何気なしに何を書いていたのか読み返してみると、訳の分からぬ文字の中にもなんとか読める文字もあれば文章もある。

脳内出血という病気、私の場合は過労と不摂生だったろうと猛省しているのだが、その後の症状と言えば、今はだいぶ軽くなったとはいえ右半身にはまだまだ麻痺が残る。

十数年間ばかりは思うように口もきけない。本を読んでもまったく記憶にとどめおくことができない。それこそ私は、朦朧とした意識のなかにあった。それでも「健康」という文字へのただならぬ執着なのか、文字の読める原稿用紙だけを選りすぐり、不安に思いながらも出版することにした。

出版をしてからまた数年。文字のリハビリはもちろん今もつづけているが、つい最近ではパソコンを習ってみようという意欲もでてきた。無論これは脳内出血という病気柄、私ひとりで思いつきもしないこと。押しの強い妻の勧めがあって、私も重い腰を上げたのである。

パソコン。パソコンを習いはじめると、これまた後遺症のせいもあるのか操作がこまごまとして実に難しいと思ったのだが、あるていど操作に慣れると、私のように文字を書くことが不自由な者にはこれほど便利なものはない。

しかしパソコンは、私の場合、麻痺している右手を使うわけではない。右手は遊んでいる。いままで右手の訓練をしてきた私には、左手だけで打つパソコンは右手の退化につながるようで、これまた不安でならない。

そこで一工夫。文章の概略を不自由な右手で原稿用紙に書き、それに枝葉をつけ足し、またはは削ぎ落としてパソコンで清書しようと考えた。

そうすることは、私にはとても難儀だし面倒なことである。途方もない時間さえもかかるだろう。しかし今の私には、それが私の仕事だと思えば耐えられそうであった。そんな訓練を始めてから、もうかれこれ三年にもならんとする。

文才もない、またそういった類の素質もない私。しかも病に倒れ、高齢になった今、本書は形式にとらわれず意のおもむくままに筆をすすめた散文とでもいおうか……、一笑に付していただければ幸いである。

すずき　せいみつ

記憶の風景——目次

装丁　鈴木巳貴

記憶の風景

1. ホタルはまだか

私も年を重ねたせいか、近ごろは昔のことなどが懐かしく、また恋しく思われることが多くなってきた。とくに何と言っても初任の地である姶良郡横川町、いまの霧島市横川であるが、私にとっていまでも強く印象に残っている出来事どもが数多く、よく思い出す。

その頃の横川の町の人口は、おおよそ一万人強ばかりであったと記憶しているのだが、聞くところによると、いまは六千五百人？ばかりだと言う。

昭和も半ばをすぎた三十八（一九六三）年、赴任して降り立った横川の駅。駅舎前は小さな広場になっていて、この広場を取り巻くように小さな文具兼書店があり、雑貨店、酒店、パチンコ店などが営業をしていた。広場前には幅五、六メートルばかりの小さな川が流れていて、そこに架かる小さな橋の上に立つと、まるで山間の温泉街にでもいるような情調をもっていて実に味わい深い。人々は、この小さな川を清水川と呼んだ。ゆえに、街中への出発地点であるこの小さな橋は清水橋となづけられている。

橋を渡ると、たもとからまっすぐに伸びる三百メートルばかりの直線道路に、商店が軒を並べていた。

商店街は、街はずれのもう一つの川である金山川との間に発達し八百屋、菓子店、金物店、理髪店、割烹、銭湯、銀行、自転車修理などほかにもいろいろな職種の店先が軒を並べ活気に満ちていた。

時は流れ、久方振りに訪れてみた駅舎前。そこは打って変わって人影すらもなく、どの家も店をたたみ、ただ寂し気にひっそりとたたずんでいるだけである。こうした有り様は、ここだけではない。今の時代どこでも見られる駅舎前の風景と言ってよいのかもしれないが、それにしてもあの賑賑しかった駅前や街中を知る私にとって、今の駅舎前の静けさ、寂しさは、そくそくとしてあまりにも時代の流れを感じさせる。

私は、駅舎前を横切るようにして流れる清水川の橋のたもとに立った。たもとから望む長々とした一直線の街中は、中心街である。私は当時を思い出そうとしてそっと瞼を閉じてみた。閉じた瞼に浮かぶのは生き生きとした当時の街中の姿、そして人々。

橋のたもとのすぐ左側には和菓子屋さんがあった。硝子張りの老舗、確か神野さんと言った。そこから三、四軒行って鯉料理店兼仕出し屋さん、屋号を確か「ちりふ」とつづいた。

行き交う人々のざわめきまでも聞こえてくるようである。私は、

（ああ、懐かしいなぁ）

と、心の中で呟きながら閉じていた瞼を静かにゆっくりと開いた。と、ふたたび目の前に広がった現実の風景、人はだれ一人として街中を歩いていない。現代の利器である車も走っていない。通りに立ち並ぶ家々はしんと静まり返り、人が住んでいるという気配さえも感じさせない。私はそんな街中へ一歩足をふみだした。

思えば私が赴任した年は、来年にはオリンピックを控え、日本の経済もその大部分のところで景気もゆっくりと上向き、清新な気分も徐々に盛り上がっていたのであろうが、この山間の小さな町には、いまでも忘れもしない、ありのままで飾り気のない楚々とした人々のくらしがあった。

私は駅まで歩いて二、三分もかからないほんの近くに家を借りた。借りた家のすぐ横は、川が流れている。先に述べた清水川である。

借家から眺める清水川は、辺りの自然風景から、一見奥深い山間の渓流の地を連想させる。川幅は小川を思わせるほど狭いが、水量は驚くほど豊富で、いまも昔とかわらず滔々《とうとう》と流れている。

また、対岸に立ち並ぶ少しばかりの雑木の間からは、その向こうにひろがる僅かばかりの

田んぼの色合いが、移ろいゆく四季折々の風景をたのしませてくれた。

たとえば、春になれば、清水川の水音もまるで永い眠りから目覚めたように轟々と勢いよく段差を流れ落ち、それにつれて私のこころも鳥かごに飼われていた小鳥が自然の中へ解き放たれたように羽ばたきはじめるのである。

六月のはじめのころだったろうか、宵闇の川辺に蛍火の明滅がはじまる。蛍は清流にしか生息をしないという。

一つ、二つ、三つ……。

「あッ、ほら、あそこにも」

数えるうちに川辺には、瞬く間に数知れぬ蛍火が乱舞を始める。川辺の貸家はなんと閑寂で幻想的であることか。私は初夏の宵、このいっときのわびしい光景に心を奪われたように見入り、一日の終わりを覚えた。

蛍火が明滅するのは、宵闇の迫るほんの一時である。

蛍火はきまった頃合いになると、まるで芝居の賑わいが幕を引いた後の客足のように、瞬く間にその数を減らした。と、ときをうつさず山間の夜は闇を深くし、なにか寂しく哀れを誘った。

と突然、ゴットンゴットン、ゴットンゴットンと律動的な音がして、重々しい貨物列車のひびきが澄みわたる夜の静寂を破って通過する。このほんの一時ばかりの騒々しさは、それはそれでこの川辺の住まいに慣れると、夜汽車のかもし出すその空気は、あとの静寂をいっそう深くして借家の部屋まで流れ込んでくる。

十月。対岸の向こうに見え隠れして広がる稲田が色づきはじめる。

稲田は、ついこの前まで緑色だった稲穂が黄金色のくびをたれて秋を深くする。山間の小さくて上品な横川の町は、秋の色合いをいっそう深くして冬を迎える。

冬がやってきた。

暖流の潮風をまともに受けた浜辺育ちの私は、川が凍り付くほどのこの町の寒さ冷たさが身に染みた。しかし、私のもつ若さという特権は、川が凍り付くようなそんな寒さが驚きではあったけれども、はじめて接する山村の冬の風景が歓びでもあった。ともあれ冬は、暖が恋しい。

冬場の暖と言えば、私には何よりもまずお風呂である。

借家にはお風呂がない。一日も欠かすことのないほど風呂好きの私は、毎晩頃合いになると外気の冷たさをものともせず銭湯へ走った。

銭湯を出て右へゆけば駅である。駅の斜め向かいに私の借家もある。

左に行けば街はずれに金山川。なけなしのカネをポケットに入れた私は、ここでいつも右に行こうか左に行こうかと迷ったものである。そして右、左と心の葛藤の末、ついに街はずれの金山川の橋をわたった。

橋を渡ると、たもとにおでん屋がある。屋号を「大阪屋」といった。寒く冷たい冬場のお風呂とおでんは、若くて元気の有り余る私の懐を少しばかり緩めた。

このころは、教師薄給の時代である。それこそなけなしのカネをはたいて飲む一杯の焼酎、そして一皿のおでん。五十年経った今も、あの日々のお風呂帰りの夜道がしみじみとして懐かしい。

話変わって、その生徒の家庭は爪に火を点すような質素な暮らしぶりだった。

生徒には、中学卒業後このかた一度も会わずじまいなのだが、それでも今の時代の世相を思うとき、あの時代の子どもたちの純朴さ、素直さがいかにも愛らしく、また懐かしく思い出されるのである。

生徒の名は「よしゆき」といった。

「よしゆき」は「好行」という漢字をあてたと記憶している。

教職に就いたばかりの私は、少しばかり緊張しながらも先輩諸氏をまねて仕事をし、言われるままに動きまわっていた。そんななか四月も終わりごろになると、当時は家庭訪問なるものが始まるのである。

言うまでもなく家庭訪問は、私には初めてのことで未経験のことである。なにしろ子どものことに加え、まだ学校の仕事そのものを理解し、認識し、体得をしていない私は、家庭を訪問して父母にどんなことを話してくればいいのかさっぱり見当がつかない。

元来がおっちょこちょいでいたって呑気者の私は、なんでもあまり深く考えようとしない、言ってみれば苦にしない質《たち》なのである。とは言うものの、この時ばかりは今までにない気の張り詰めようだった。

私は、主任の岩屋先生に助言を求めた。

「先生、生徒の家庭ではどんなことを話してくればいいのですか？」

すると岩屋先生、びっくりしたような表情を見せたが、すぐに持ちまえの優しい顔になって曰く、

「話してくるんじゃないよ。まず聞いてくるのだよ」

と言って、さらに付け加えて、

「両親の話されることによく耳を傾け、子どもを取り巻く環境をよく見てくるんだ。話してくるんじゃないんだよ」

と、念を押すようにアドバイスをくださった。

(ああそうか、なるほどね)

と、私もまた納得がいったのである。

そう言えば「聞き上手は、話し上手」と教わった記憶がある。そう考えると、これまで臆病にも張り詰めていた箍《たが》が緩んだような気分になった。しかし、所詮はなにもかもが未知との遭遇である。胸のどこかで小さなたのしみと微かな不安が仲良く同居した。

家庭訪問の手段は、このころどの先生方も自転車か五十ccのバイクであった。なかんずく女の先生方は、のぼりくだりの多いこの校区の山道をてくてくと歩いて訪問されるみたいで、その難儀なことは言うまでもない。悲鳴にも似たため息を漏らしておられる。

私はといえば、女の先生と同じで徒歩である。

私が自転車を持っていなかった事情の一つには、自転車を求める即金がなかったということもあるかもしれないが、何といっても歩くことが苦にならなかったことだろう。

そしてそれは、元気が有り余るほどあるうえに、小さいころから台地の畑や六、七キロも離れた遠くにある田んぼなどといった環境になじんでいたからかもしれない。とにかく歩くことがきついとか、不便といった感情や感覚は全くと言っていいほどなかった。取りも直さず私は旧態依然とした質だったようで、どちらかと言えば身についた古い考え方や習慣というものから離れられない——人よりも一歩も二歩も遅れた質のようである。

四月も終わり頃になると学校横の坂道は、葉桜並木が爽やかなそよ風にゆらぎ、何ともみずみずしい。

頭を使うこと以外ならなんでも、またどんなことでも苦にならない私は、上下をランニングウェアに着替えると学校を飛び出した。

（私のそんな姿格好は、周囲の人にどんなに映っているのか）

と、そんなことは気にもならない。気にしていたなら先生らしかったろうに。

私は訪問先の家の近くまで来ると四方八方をきょろきょろと見まわした。そして人影のない適当な場所（物陰）に身を寄せると、肩に背負った風呂敷包みからシャツとズボンをとりだして手早くきがえ、

「――ごめん下さい」

と、走ってきたせいか面《おも》ににじむ汗を気にしながら訪問した。

農山村で働く人々の暮らしぶりはどこかのんびりとして見える。野道を行く人も、田畑で働く人も出会えば長い付き合いででもあるかのように親しく会釈をくれる。貧富の差こそあれ訪問したどの家庭にも背伸びしたようなところがない。いま思えば日本が高度経済成長期にあったとはいえ町全体がつつましやかであった。

「まどうぞ、どうぞ。こげなん山奥まで大変じゃしたろ」

と、どの家庭も子どものような若輩の私を丁寧なあつかいで座敷へまねきあげてくれる。先にも述べたように、私は体のでかさに似合わずおっちょこちょいの呑気者。それに、かてて加えていっときもじっとしておれない質である。だからという訳でもなかろうが、私には農山村のそんな丁寧なあつかいがこそばゆく不慣れなところがあった。今でもそういったところがなくもないが……。こうしたことは私だけが体験したわけでもあるまいが、そうかといって私にはなんといっても初めての訪問先、不慣れの上に自分でも認める話し下手、ついつい語る話もながくなる。つまり何もかもが要を得ないのである。

訪問件数は、この頃のクラスの生徒数が四十～四十五人だったから、平均して五日間で一日八、九件ということになる。ところが訪問件数は平均値のように都合よくは割り切れるものではない。日によって生徒数の多い地区もあれば少ない地区もあるし、また遠いところ近いところとあってさまざまである。多いときは十二、三軒にもなることだってある。それも午後からの学校出発であるから、最後の訪問先は夜の七、八時になることだってある。少しの遅れが積み重なって途方もなく時間がすぎてしまう。

深々と木々に囲まれた山懐の日暮れは早い。それもこの時代街中からちょっと離れるともう街灯などはない。山の端に陽が落ちるころになると、周囲は急に暗さをまし静寂につつまれてゆく。私は訪問先の家をさがすのにも難儀した。ただ訪問先の家までの道順を書いてもらったファイルだけは用意していたから、日の落ちないうちは、それが小さな頼りであった。それでも日が落ちて辺りが次第に暗さを増すにつれ文字も読みづらくなる。そうしたなか最後の訪問先が好行の家だった。

大木や雑木の生い茂る山道、

（どこかこの辺りのはずだが）

と思いつつ、闇に目を凝らし勘を研ぎ澄ましてさがせども付近に人家らしき明かりも見あたらない。

（ああだいぶ歩いた……）

と思いつつ、暗くなった山路をただあっちをきょろきょろ、こっちをうろうろとするばかりで弱音が心の中でうごめきだす。日はすっかり掻き暮れて暗さをいちだんと深くするばかりである。

（こまった、どうしょう）

術がない。——つい今し方まで訪問先もなんとか訪ねあてることもできたのに。こんなにも暗くなっては探すにも探しようがない。私は途方にくれ立ち止った。が、またうろうろと辺りを探しまわった。

（ああこんな不便なところなら訪問の順番をもっと早く明るいうちにしておけばよかった）

と思いながら諦めようとしていた、その時だった。

「先生。先生ですか?」

大木の茂みからでも降ってくるような透き通った少年の声が闇の中にひびいた。声は紛れもなく好行である。

私は、それこそ反射的に、

「おお好行か！」

と、弾かれたように応えた。

「はい。道が分かりますか」

「いやっ、おまえがどこにいるかもさっぱり分からんよ。どこにいるんだ」

「ここです、ちょっと待っていてください。いま行きますから」

声は木々の間をぬって、確かに上空からである。声はすれども姿はみえず、頭上は杉の木と思われる高木が暗さにさらに暗さをまし視界をさえぎり闇を深くしている。

十年一昔という。私が少年期のころ、このころ古老とよばれる人々のあいだでは、いまでは迷信と言われるようなことをまことしやかに語る人が多かった。

例えば、あそこの山道の三叉路には狸か狐がいてよく人を騙すそうだ。ついこの前の夜など、どこそこの誰々が家に帰ろうと三叉路に差しかかると、わが家が右か左か分からなくなって隣町まで行っていたそうな、といったようなことをまことしやかに語り、それはきっと狸か狐に誑《たぶら》かされたに違いない、と、もっともらしく結論付けたりしたものである。そして、そんな古老や大人たちのすぐそばにいて話を聞いている私もまた、そういった話の影響を受けていた子どもの一人であったのかも知れないのだが、今の時代と違って、子どものとき、いつもそんな話を耳にする機会のあった私は、この時、一瞬だが、

（まさか狐にでも……）

などとありもしないことを考えたりもした。

もともと身体のでかさに似合わず肝っ玉の小さい私は、闇のなかで、こちらに近付く気配に、そして足音に、

「いやぁ、ごめん。暗くなると家を探すのに手間取ってね。遅くなってしまったよ」

山間の透徹した闇の中に、近づいてくる足音に言い訳がましくあやまった。

いっぽう好行もまた、

（暗くなって、先生はきっと僕の家を探しあてんのだ）

と思い、迎えに外に出てみたところだったと言った。

「家はこの上です」

「えっ、この上？」

「はいそうです。坂は段々になっていますから足もとに気を付けてください」

闇。この時代はまだ、街辺りでも暗いところなどたくさんあってあたりまえ。それにしても、この暗さは漆黒の闇である。

私は、勘を働かせながら一歩、一歩、一段、一段足を運んだ。

好行は私の手を取って導こうとしたが、私は「大丈夫だよ」と言って土段を這うようにして上った。

「好行、おまえこんな暗いところをよく歩けるな」

私が闇の中へ問いかけると、

「はい、もう慣れていますから」

と、好行は言う。好行のこうした生活行動は考えてみれば一種の訓練だともいえる。それにしても私には暗くてとても危険極まりない土段である。大雑把に作られたわけでもあるまいが、段々を上りきると、そこは広々とした野原にでも出てきたような空間が広がっているようで、そこにほの暗い明かりの漏れる家がある。

「先生、あそこです」

好行は暗がりがいくぶん取れた台地の中で家を指さした。

「家はこんな高台にあったのか。どうりでちょっと暗くなれば分からんはずじゃ」

「——」

「来てくれて助かったよ。探し当てんがどうしょうかと思っていたところでほんとうに助かったよ」

こうして接してみると、好行は言葉づかいがていねいである。それに学校では気付かない素直な礼儀正しさがある。

好行の風貌はむっちりとした体形で、一見したところそれほど大人しいとも思えない普通の話し方をする生徒であるが、ただ放課後になるといつ下校したのか分からぬほどさっさと教室をあとにする。まず居残りの生徒の中に好行を見かけることはない。

ある時私が、そのことについて聞くと、

「家の手伝いがあるものですから」

と言って、にこにこっと笑顔でこたえた。余計なことはしゃべらず、しかもその言動は、子どもに似合わずしっかりしていたことを、私は今もよく覚えている。

好行は、たて付けの悪くなっている土間の板戸をごとごとっと引き開けた。そして、

「先生がこられたよ」

緊張が緩んだかのように家の中へ声をかけた。

この時代、どこの家庭でもそうであったが、客を出迎えるのはお母さん。好行の声がお母

さんに届くと、お母さんがそそくさと、それでいて控え目に出迎えてくださった。

「こんばんは、どうも遅くなってすみません」

と、私が言えば、お母さんは待ちくたびれた様子も見せず、むしろ遠慮がちに心待ちしていたかのように、

「先生がたもたいへんですね。生徒の数が多いうえにこんな山奥まで……」

と、私を思いやるようにねぎらってくださる。

確かに、団塊の世代に限りなく近いこの年代の子どもたちは、一クラス四十数人という大所帯だったから、その日の訪問先を時間どおりに済ませることは、歩いて、しかも初任で、技巧もなにも身についていない私にはとても難しいことだった。

好行の家にたどり着いたのが、七時をまわって、もう八時ごろだったのだろうか。

（やっとここまで来た。今日最後の一軒……）

と思えば、今まで張り詰めていた気分が少しばかり緩んだようだった。

好行のお父さんは囲炉裏火のそばに胡坐《あぐら》をかいて小さくなった火の気に粗朶《そだ》をくべたりしておられる。私はこの時、ほんの一瞬ではあったが家のうちの暗さに、

（あれっ、停電かな？）

と思ったのである。お父さんもそれが気になっておられたのだろう。私の方へむきなおる

と、開口一番、

「こんな電気もなかところへ大変じゃしたろ。ここら辺りは少し暗くなんせばもう尋ねちっもはん。私の家なんかとくにそげんごわしたろ」

と、挨拶もそこそこにそう言われて、私は、

(ああ、電灯がない)

と気付いたのである。

粗朶はすぐに勢いよく燃え出した。その燃えたつ炎の向こうで私に対座した親子の姿は、風に吹かれている幟旗《のぼりばた》のようにはたはたと揺らめいて映し出されている。この飾り気もなにもない素朴な光景は、いまもつよい印象で、色あせることなく網膜の奥に残っている。

浅学で非才の私は、この時のいじらしいほどに純粋な家族の場景をここにどう描写すればよいのかとても難しいのだが、少なくともこうしたことどもは、私どもが小学生のころ(戦争直後)まではよく見かけた庶民のすがただった。

お母さんがお茶を勧めてくださった。いや、まてよ、焼酎だったかもしれない。なぜならお茶に刺身というのは、私にはちょっと考えにくいのである。

というのは、私が海端育ちということもあって、土地柄か、大人たちの焼酎の肴には、必ず魚の刺身がそえられたものである。こうした関わりについては、ここでは触れず、話を先

にすすめることにする。

お父さんは、

「先生は、生まれは志布志じゃいやっそうですね」

と聞かれたので、私は、

「あ、はい」

と応えた。私のことは好行から聞いておられたのだろう。

「志布志は、海の近くじゃいやっしか」

「ええそうです。家を出て二、三分も歩けばもう海です」

私の郷里志布志の街は海に面している。海を正面とするなら、背面には台地が東西にながながと伸びていて、海と台地に挟まれた格好で、街は実に細長い街並みを形成している。海はU字型の湾をなし、台地より湾を眺めれば、左前方には野生馬で聞こえる宮崎県都井ノ岬が望め、また右に視線を移せば、いまはロケット打ち上げで有名な内之浦が望める。

私たちの少年時代、冬場は背面の台地の森でメジロ取りに夢中になり、夏場は正面の海で貝掘りや魚釣りなどに夢中になって、それこそ自然を相手に時を忘れてたのしんだ。もちろんこの時代の少年たちは、家の手伝いにも精を出したものである。

「海のそばなら取れたての新しい魚を食べつけておいやいもそ。こげなん山奥じゃなんの愛想もございもはん」

「……」

口下手で訪問に慣れない私は、お父さんのこうした言葉になんと返答したのか記憶にないのだが、たぶん「そうですね」とは言わなかっただろう。「とんでもありません」とぐらいは言ったかも知れない。そしてさらに、

「先生の口には合わんかも知れもはんどん、よければどうぞ上がいやったもんせ」

と言って、今度はお母さんが若輩の私に遠慮しながら一皿の料理をだしてくださった。好行が街まで下りて買ってきたと言われる。刺身である。たぶん私が海辺育ちだという心遣いもあってのことだろう。

ぱちぱちと燃え盛る囲炉裏火のむこうに、お父さんに一膝ひかえて座した慎ましやかなお母さんを、いま、ふと思い出す。こうした夫婦の姿は、ついこの前まで見られた家庭のありようであった。

好行はといえば、お父さんの横に正座して、親しげな面持ちで私どもの話に耳を傾けていたが、その子どもらしい素振りには、きのう教壇にたったばかりで学校のことなど何一つ分かっていない私にたいして、それでも信頼のようなものがありありと表出している。

そしてこのとき私は、好行が遠い街まで下りて買ってきたと言われる刺身に、

（箸をつけねば……）

という思いがした。

「じゃ、遠慮なくいただきます」

と言って箸をとり、手を伸ばす私の背中を刺激的なほど深々とした闇がつつんでいたことを思い出す。

外はすっかり夜の帳《とばり》がおりていた。

山中の夜の空気はひんやりとして海端にはない純化した爽やかさがある。

暗く危なっかしい段々に、好行は私に手を添えようとした。しかし私も若かったせいか上がるときとは違い、勘が驚くほどはたらいた。それでも命からがらに手さぐりで段々をおりると、

「ホタルはまだかね」

と、私はこころに潜む幼少のころの思い出にうごかされ、好行に尋ねてみた。

「まだです。でももうすぐですよ」

「ここらの川にはホタルもいっぱいいるだろうなぁ」

私が呟くように言えば、

「ええ、たくさんいますよ。先生の住んでおられるあの辺りの川にもいるんでしょう」

「ああいると思うよ。横川の水はどこも綺麗だからね」

私は借家の横を流れる清水川を思い浮かべていた。

「はじめてなので分からんが、多分いっぱいいると思うよ。——おそくまで迷惑を掛けたね。ありがとう」

「暗いから足もとに気を付けてください」

「うん、大丈夫だよ」

私はそう言うと、いままで張り詰めていたような感覚がいっぺんに緩んだ。

好行に別れを言っててくてくと歩き出した暗い山道、そして振り返った。好行の姿は漆黒の闇に同化して、闇の中には見送っているであろうといった余韻だけが残っている。

私はその余韻に向かって、

「好行。またあした学校で会おうなぁ」

と、叫んでみた。

木々の葉さえも騒がぬ暗く静まり返った山道。少しひんやりと透徹した空気のなかに、

「はーい、大丈夫ですか。道が分かりますかぁ」

濁りのない澄みきった声が山の中にこだまのようにひびいた。

大人のように優しい心遣いをする好行。暗闇の山道にはお父さんに似てずんぐりでむっち

りした体つきの好行の笑顔が、山を下る私の目のまえにいつまでもいつまでもうごめいていた。

昭和三十八（一九六三）年といえば、初の日米衛星実験放送が始まった年である。そこに飛び込んできた映像の第一報は、ケネディ大統領狙撃事件の映像だった。映像には遥か遠いアメリカの地でおこったその場のことが即座に映し出されるというメディアの進歩に驚き、大統領狙撃という大事件に息をのんだ。

翌三十九年、オリンピックがわが国東京で開幕した。このとき柔道と女子バレーボールが正式種目になり、カラーで放映された。

日本女子バレーボールチームとソビエトチームの決勝戦は視聴率八十・三パーセントだったという。この数字はいまだ破られていないばかりか、しばらくは世界に〝東洋の魔女〟と恐れられ、その名をほしいままにしたのである。

高度成長の真只中、何を求めてか険しい山道を脇目も振らず一目散に駆け上がっていく日本。そうかと言ってこの静かな山間の里には、浮き立つ賑わしげな気分などなにも届いているようではなかった。

2. 和行

わが国の社会保障制度は、世界の先進国よりも少し遅れて第二次世界大戦後から発達した。制度には社会保険、社会福祉、公的扶助、公衆衛生といった大きな柱があって、このうちの一つである「公的扶助」は、生活に困っている人に対して国がおこなう経済的な援助のことで、この内容を詳しくあらわしたものが生活保護法である。

生活保護法が制定されたのが一九四六年、戦後間もなくであった。その後一九五〇年に内容の一部が改定されて現在に至っているのであるが、この中に「教育扶助」なるものがある。その主旨は、

「生活困窮者に義務教育を受けるのに必要な学用品代、学校給食費などの費用を援助すること」

と記載されている。

私が霧島山麓の一角に位置する町の中学校に赴任を命ぜられたのは、昭和三十八（一九六三）年のことで、日本経済が高度成長の真っ只中にあったころである。

赴任した学校の運動場に立てば、右も左も私を取り巻くものすべて山や川といった自然であり、いかにも山間の学校であった。仰げばすぐ目の上に活火山新燃岳の頂だけが周りの山々を圧するように灰色のかわいた山肌をみせていたし、ともあれ周囲を山々にかこまれたちっぽけな町は、さながら盆地をみるような形状をしている。

当時、町の人口はおよそ九千五百人ばかりで一万人足らずだった、と記憶している。急激な人口減少がいわれる今日、どのくらいの減少にとどまっているのだろうか？　ずいぶんと山手ではあるが、当時、高度成長さなかの恩恵を受けていたのだろう、町は小さなたたずまいながら過不足なく開け、商店街もいきいきと活気を帯びていた。

町民はというとなべておとなしく穏やかで、といっても町民一人ひとりみんながそういう訳でもあるまいが、それでもこの町の人々は人なつこく温厚で、まるで町全体があったかい家族のような温もりをもっていた。こうしたことは都市からやや遠く離れた山間の地という地の利のせいもあるのだろうが、そうであっても町の人々には何の混じり気もない爽やかさがあった。そういえば赴任して駅に降り立ったその時の第一印象も、街中のたたずまいに何の混じり気もない大自然の柔らかさを感じたことである。

駅のホームに降り立った私は、

（おお、なんと空気がおいしいのだろう）

と驚き、思わず「すーはー」と胸いっぱいの深呼吸をして、赴任校へ向かって力強く一歩を踏み出したときのことを思い出す。

思えばまだ、一般には自動車も普及していないころである。街中にぼちぼちと普及しはじめたのが赴任してから四、五年もたってからである。それまではそのほとんどが良くて単車か自転車。私など新米の教師は、薄給ゆえ、自転車も持たず徒歩でといった山村での日常であった。こうした一般の世相を背景に、私は「かずゆき」という名の生徒を担任することになったのである。

「かずゆき」という名は、どういう漢字をあてたか、今となってはハッキリとした記憶がない。確か「和行」だったような気がするが……。

和行は、父が早世し、幼少から母の手ひとつで育ったという。そのせいもあってだろうか口数も少なく、交友関係もわぁわぁ言って交わる方ではなかった。黙りこくってあまり笑いもせず、集団の中にいても何か気に入らぬことがあれば、いつもぼそぼそと意見とも不平とも聞き取れぬ言い方をするのである。

和行はいっぷう変わった気性らしい。そうかと言ってひねくれているわけでもなさそうである。私のような若輩で新米の教師には、ちょっと理解しにくい。

（気骨があり過ぎるのだ）

と、私は常々そう思うようにしていたから、どこで会おうが、彼の姿さえみれば、

「おい、和行」

と、取り立てて用もないのに声をかけるようにしていた。すると和行は、

「はあ、なんじゃろかい？」

と返事して、いつも間の抜けたようなとぼけた顔をして振り向くのである。だから誰でも、彼にはじめて会ってみれば、不貞腐れたようなその表情に「おやっ」と思うに違いない。しかし尋ねられたことには無表情ではあるがはきはきとした返事をするのである。

中学時代というのは自分をとりまくみんなが友人で、その中で仲のいい友達もいたはずだが、和行にはそういった級友もいないのか、あるいは意識してつくらないのか、放課後になると学校に長居することはない。それこそいつも忙しそうに一人してさっさと駅へと急いだ。汽車通学なのである。

和行の家庭はその実情からして教育扶助（生活保護）の対象にもなっていた。教育扶助は、現在はどういう扱いになっているか分からないが、当時は、扶助の受け渡し

は学校でもって取り扱われ、生徒を通して該当する家庭に支給されていた。支給されるその日のこと、和行は受領するのに必要な印鑑を持ってこなかった。忘れたというのである。

新米教師の私は、この言葉を軽い気持ちで受け止め、言うまでもなく信じた。そして次の日も忘れたと言った。持ってこなかったと言うのである。私はこの言葉も信じた。そして次の日も、また次の日も、請求するたびに、

「あ、忘れた」

と言った。

余談になるが、

忘れ物といえば、私にもちょっと甘いようなほろ苦い経験がある。

それは、私が小学五、六年生のときのことである。担任の山口敦子先生はおっちょこちょいの私に「忘れ物ナンバーワン」というニックネームをつけたのである。

たとえば、傘などよい例である。登校時の朝などは、雨が降っていても、下校時は晴れていることがよくある。そんなとき傘が一本教室の傘立てに残っている。

傘は蛇の目傘。当時傘は貴重品である。それが私のものであることは、先生には明々白々

であった。

「あの忘れ物ナンバーワンは、また傘を忘れて帰ったね、何度言っても魂のはいらんもんじゃ」

山口先生は私の毎回の忘れものに呆れ果てていたという。

一事が万事という。弁当を忘れることは日常茶飯事、貸本屋から借りてきた本を返すことを忘れ、挙げ句の果てはカバンを忘れて学校へ行こうとしたこともある。そして、そのことに気付いた姉たちは、

「セイミツは呑気者なのか馬鹿なのか分からん。学校へ行くのにカバンを忘れるとは……まあ、人がいいから馬鹿の方が近いじゃろう」

と、大笑いしたことがある。

少年期にそんな思い出をもった新米教師の私でも、たびかさなる和行の言動が理解できなくなっていた。

(これはなにか訳がありそうだ)

そう思うと居ても立ってもおれない性格の私は、さっそく和行を職員室へ呼んだ。

「きょうはお母さん家にいらっしゃるかね」

と尋ねた。

（家まで行ってお母さんから直接印鑑をもらおう。ここでなんだかんだと言っているよりもその方が早い）

と思ったからである。

「たぶんいると思うけど。家におらんときはいつも裏の畑で仕事をしているけど……。何か用じゃろうかい？」

和行は、いつものように笑顔のない何かかったるいような受け答え方をする。

「うん、きょう放課後に家まで印鑑をもらいに行こうと思っているところじゃ」

「――」

「明日までに役場へ書類を提出せんないかんもんでね。どうしてもきょうは印鑑が必要なのだよ」

私はもう待ちくたびれたといった様子をかくして言うと、これまでやわらかだった和行の表情が勃然《ぼつぜん》として顔色を変え態度に怒りをにじませた。そして、激しい口調で、

「おいはそげなん銭などいらん」

と言ったのである。

職員室内の先生方は一斉にこちらに注目した。もちろん新米教師の私は驚いた。和行は、私がわけを聞く間もなく、捨てぜりふのような言葉を残し職員室をさっさと出て行ったので

ある。

私が生まれ育った時代、そして和行の生まれ育った時代はそれぞれに戦中、戦争直後といった時代である。そのさなかに生を受け育った子どもたちは、富者も貧者もふくめ不足と辛抱と助けあいの中で育ち、贅沢をいましめられた。

昭和三十年代後半といえば、いや、それよりもっと後のころまでだったろうか、先述したような戦中戦後の気分を親子ともども十分すぎるほど色濃く持っていた時代である。だが、こうした教えも気分も少しずつゆっくりと薄れながら、わが国は高度成長をつづけ、時は流れ、人心もまた少しずつ少しずつ変化していった。

和行の家は、学校のある横川駅から一駅離れた「植村」という駅の近くにあった。

鉄道はなやかなりし頃の植村駅は、その頃ではめずらしい無人駅だった。記憶に残る駅舎の辺りに来てみれば、遠い昔日の小さな姿そのままに田園の風景にとりかこまれて、いまも物寂し気に悠久の時を刻んでいた。

（ああ、ここだ。こんなにちっぽけな駅だったかな）

と、五十年前の当時を思いだしながら車を降り立ってみた。今は付近にもどこにも人ひとりとして人影のない田舎の無人駅舎。道路をはさんで向こう側の木々の間に見え隠れしてまばらに建っている人家は、遠く離れた故郷へ何十年かぶりで帰ってきた母の懐のようなそんな風景である。

(懐かしいなぁ)

私は言葉にならない感慨にひたった。

辺りにゆっくりと目を遊ばせながら車に戻ると、やおらまた運転をはじめた。運転をしながら、

(あの頃は自転車だったからなぁ)

木立の奥に見えた和行の家を思いおこしながらさがすのだが分からない。

(どこかこの辺りだったはずだが……、通り過ぎたかな。ここら辺りで聞いてみるか)

と思い、車を止めてまたも車外に降り立った。

道路脇の人家は、どの家も屋敷森みたいに周りを木立にかこまれて垣間見えるだけである。ただ車を止めた斜め向かいの少し奥まったところにスレート屋根で工場らしきものがある。近付いてみた。自動車の整備工場である。

工場内からは金属音がする。たぶん人が仕事をしているのだろう。それも一人ではない。顔は見えないが二人いるようだ。私は二人のどちらに声かけるともなく、

「こんにちは」

と、やや大きな声でよびかけた。

一人は這いつくばるようにして車内の仕事をしているので私の方を振り向くことができないようである。いま一人が仕事の手を休め、もぐっていた車体の下から顔を出すと私を仰ぎ見た。手にはスパナのような工具をつかんでいる。まだ独り者のような三十歳そこそこの若者のようにみえる。

私は、その若者を見下ろすようにして、

「お仕事中すみません。ちょっとお尋ねしますが、この辺りに○○和行さんという方のお家はありませんか」

と尋ねてみた。すると若者はきゅうくつそうな車体の下から身を起こしながら、

「ああ、ここじゃんど」

と言う。しかし、和行らしき人の姿は工場内には見当たらない。

「息子さんですか?」

「あ、はい」

と返事をしたが、私をこの辺りでは見掛けぬ顔だとでも思ったのであろう、いかにも怪訝《けげん》そうな顔をして応対するではないか。要領をえないといったものごしである。

「よすごわすなぁ、親子で仕事ができて。もう一人のあの方は、弟さんですか?」

「はぁ、じゃんど」

「あ、そうな。そりゃお父さんも助かいやんそ」

と、私が言うと、若者はこそばゆげにして、

「おやじはいま隣の○○さんところに行っておんが」

という。田舎でいう「となり」という言葉の表現は必ずしも「家の隣」ばかりではない。往々にして遠いこともある。

「そこは遠かとここごわんそ」

と、私が聞くと、

「いや、こん坂の上じゃんど。電話をすればすぐ戻ってきもんが」

と、若者はいう。

家の裏手は坂にでもなっていたのだろうか、記憶にない。周囲を見回したところ坂らしい坂があるようでもない。

若者は作業服の胸のポケットから携帯電話をとりだすと、父に帰ってくるように二言三言しゃべった。車で二、三分もかからないというから、それではと私も待つ気になった。若者の電話が終わった後で、私は名を名乗ったのだが、若者もそうしたことにはまったく無頓着なほど純朴である。

油を売りながら待つこと十分もかかったろうか、工場の外にエンジンの音がした。車が止まったようである。

私は自分が脳内出血で倒れて、寄る年波も手伝って面変わりしているだろうことも忘れて、脳裏には中学時代の和行の姿だけが浮かんでいる。

中学時代の和行は小柄で、顔色が白く細身であった。

先述したように、和行はもともと無口な生徒ではなかったと思うのだが、親一人子一人というそうした家庭状況が、私には理解することができないほど和行を無口にしていたのかも知れない。

止まった車から落ち着いてゆっくりと人が降り立った。

降り立ったその人は、日射しの加減だろうか肌色もそう白くは見えない。しかも体付きががっしりと太って元気そうな小父さんのようである。

小父さんは乗ってきた車のドアを閉めると、私の方へ目をうつした。

私は遠くからではあるが、目と目があったような気がした。近付いてくる小父さんの歩き方といい、またその面立ちといい、私は目の前の現実が信じられないほどに自分の目をうたがった。

体付きががっしりとして固定したような小父さんは、

「こんにちは」

と、客を迎えるように腰を折り会釈しながらこちらへ近づいてくる。近づくにつれ、その人もまた、

(この人、誰だろう。何の用だろうか)

といった疑義的な心情が動いているのが分かる。私もますますそうだったが、お互いにそうした気分を隠しながら挨拶をかえした。

「息子さんたちがいい手伝いをしてくいやんさな。お父さんも安心ごわんそ」

「ああ、こいつ達が加勢をしてくれもんで助かっておいもんさ」

小父さんと私はなにか不自然な受け答えをしながらも、でも、和行という小父さんの雰囲気には、

(この人はだれだろう。なんの用だろう)

といった断定することのできない気分が依然としてあるのが分かる。

「私がだれだか分かりませんか」

まじまじと私をみる小父さん。いや、和行。

「——いやぁ、誰さあじゃいやっけ?」

依然として分からないようである。私も前もって準備がなければそうであったかも知れな

い。無理からぬこと、五十年の歳月。お互い変わらぬも妙ちくりんなこと。変わってあたりまえ。

「うーーん、分かりもさんなぁ」

小父さんは、私を見つめながら小首をかしげた。

私もそうだった。私が思い描いていた肌色の白いきゃしゃな和行はどこにも見つけ出すことは出来ない。小父さんは同姓同名の別人ではないかと、じりじりとした不安をかんじるようになっていた。

右のようなことは、二〇一二年に出版した愚作『戻ってみたいもう一度』の中でも、私は同級生のことをこう書いている。


――具志堅くんなどはそのよい例だといえるのだが、どうみてもその風貌からは中学、高校生時代の彼を見つけ出すことはできなかった。私は、この人はほんとうに具志堅くんだろうか、別人ではなかろうかと思いながら談笑のなかに加わっていたのだが、ついにたまらず、

「きみは本当に具志堅くん?」

と言ってしまった。
具志堅くんは思わぬ私の問いかけに、一瞬「えっ」といったおかしな訳の分からぬ表情をみせたが、すぐに、
「じゃっど」（そうですよ）
と言って、にっこりと表情をくずした。それなのに、私の中ではその後も、そしていまだに中学、高校時代の具志堅くんと目の前にいた彼とはどうしても結びつかない別人なのである。

和行と私の会話は五十年という帯のように長い歳月に遮られ、お互いの記憶が元に戻るまで少しばかりの時間がかかった。しかし、時間という長い帯をあれやこれやと手繰り寄せれば、和行もさすがにあの日のあの一件だけは忘れていなかった。むしろあの一件があればこそ今がある、と懐かしんだ。

「ああそういえば……、先生ですかね。そうですよね」

細い目を大きく見開いたようにして節くれ立ったごつごつした手が伸びてきた。

かつての日、私がここ和行の家をたずねたとき、和行はお母さんと私の会話を物陰に隠れて立ち聞きしていたらしく、とつぜん庭先に躍り出てきて、

「母ちゃん、その銭を貰《もろ》やんな。貰やっと俺らあしたから学校な行かんど」（母ちゃん、その金を受け取ってはいけない。受け取れば俺は明日から学校へ行かないよ）

さも外部から侵入しようとする敵を防ぎ、さらに追い出すような強い語勢で扶助を受け取ろうとする母を制止したのである。

お母さんは、そんなわが子の語勢に気おされてしどろもどろするばかり。そして、

「子どもがあげん言いもさお」（子どもがあんなに言っておりますから）

と言って、この日私が持って行った扶助を受け取ろうとしなかった。

私はそうした和行の行動や態度を素直でない不自然な姿とは思わなかった。むしろこの時代、多かれ少なかれ少年のだれの心にも潜む自然な発露ではなかったかと思ったものである。私は、和行は男の子らしい気概をもった生徒だと感心もした。こうした気概の根底には戦前、戦後をかえりみて家庭、学校、社会が受け持つ通念としての教育の違いといったものが存在するからではなかろうかと思うのである。

この日はあれこれとお母さんとの茶飲み話でその場をやり過ごしたのだが、和行の心中には、

（お母さん、もういっときばかりの辛抱じゃ。俺が学校を卒業したら……）

と、子どもながらも、いや、子どもであったればこそ、それも和行であったればこそ、ふ

つふつとしてたぎる何かがあったのかも知れない。

山間の村は日暮れが早い。

仕事を終えて、ただ無心に、ただひたすらにペダルをふむほこり立つ山路。このオンボロ自転車は竹之内一男校長所有の愛車であった。

「鈴木さん、いまから植村まで歩いて行くのや？」

「ええ、走っていきます」

「へぇ、走っていく!! 植村まではずいぶん遠かろう。じゃ、おれの自転車にのっていっきゃい。自転車は、おはんにくるっで」（——私の自転車にのっていきなさい。自転車はあなたにあげるから）

「先生はどうされるのですか」

「心配せんでもよか。おれはまた、鍋倉自転車屋に行って手頃な中古でもさがしてみるハッハハハ……」

と、私が貰い受けた自転車である。

砂ぼこりにまみれた肌着にじんわりとにじむ汗も、心なしか私の心を癒してくれたあの日のことを想い出す。

私が生まれてからの昭和は、十六年から六十三年までの四十七年間である。この前期の頃までに育った子どもたちは、私がそうであったように、得てして親のもつ仕来《しきた》りや感覚のなかで育まれたといってよい。

だが、時も流れるにつれて平成にまたぐ昭和も後期、巷間には物があふれて、人は贅沢に慣れ、さらなる豊かさを求めて、やがて物持ちや金持ちが立派な人物ででもあるかのように錯覚し舞い上がっていく。のみならずこうした締まりのない社会を背景に、数年後、学校もまた不登校、落ちこぼれ、校内暴力などの問題が顕在化していった。

私がこの短文を手掛けたのは、教師になって五十年も経った平成二十四（二〇一二）年五月下旬のころである。このころの新聞紙上には、各社連日のように生活保護関連の記事が取り上げられていた。

ある日の地元紙「南日本新聞」紙上には、その一面トップと社会面に、

「……年々受給者も増え、１９９５年には約88万人だった受給者は、今年２月で約２１０万人に迫った……」

と、その実態にふれている。

和行くんは、お母さんはついこの前亡くなったと語ってくれた。存命中ずっと一緒に暮らしたと言う。

お母さんにしてみれば、その暮らし向きが物質的、経済的にどうであろうとも、たった一人のわが子と生涯を一緒に暮らせたという、ただそれだけでどんなにか心づよく、どんなにか安心で日々不安もない幸せな生活であったろうと思うのである。

帰途車の中で、私は、

（この世知辛い今の世に……、和行くんは誰にでも真似ることのできない親孝行をしたのだ。よかった、ほんとうによかった）

と、心が洗われるようで、いつになく清々しい気分をおぼえたのである。

自然豊かな山間の地、横川。私にとって初任地でもある横川は、現代人に欠けている、人の持たねばならぬ大切なものを教えてくれていたような気がするのである。

和行くんはいま、わが子や孫たちに囲まれて喜怒哀楽をともに元気でやっていると、風の便りも届いている。

3. 秋の日の公園で

〝秋の日は釣瓶落とし〟

日の落ちないうちにと思い、私は毎日午後四時ごろから約一時間の予定で散歩にでかける。秋場の四時といえば、日は中天を過ぎてはいるがまだ西空高くギラギラとまぶしく輝いている。それでも十月も終わりに近づくにつれて次第に日差しも柔らかさを増し、公園の木陰などはちょっとした肌寒さも感じて申し分がないほど気持ちがいい。

因みに散歩するコースだが、わが家を出て三百メートルばかり歩くと大浜緑地公園に着く。その公園のなかをぐるりと一周して帰ればおおよそ往復四キロは歩くことになる。ここ二十年近く、このコースを歩くのが病気がちである私の日課になっている。

秋の日の公園は、曜日に関係なく私と同じ年頃の人がわりあいに多く散歩しているのに出会う。それに近くには私立の高校があり、また公園に含まれるようにして公立高校があって、月曜日から金曜日までは運動部の生徒たちがきびきびとして元気よくランニングしている。公園のこの時間帯は実に賑やかである。が、のんびりとした感がつよい。それにまたいずれの高校生も私のようにそこそこ厳めしい面構えをした小父さんにも慣れたのか、この頃は会うたびに若者らしく「こんにちは」と弾けるような挨拶をくれるようになった。それも毎日のことゆえ、なんとも親しげで気持ちがいい。

そんなある日だった。私はいつものように車の騒音を離れて軽い気分で公園のベンチに腰をかけていると、思いがけない人に声を掛けられた。声を掛けたのは、元同僚のT先生だった。

先生はこんなところで私に出会うとは、と、びっくりされたが、ここは私の地元、突然に声をかけられた私の方こそびっくりもびっくり、

「何で先生がここにいるの……?」

とばかりに懐かしさをこえて驚いたのである。

T先生が言われるには、奥さんの実家がこちらで、志布志にはちょいちょいいらっしゃるらしい。あした市内のほうに帰るのだと言われる。まあそれはそれとして、私どもが往時近時に花を咲かせていると、今日もぱたぱたと集団の駆ける足音が近づいてくる。そして、その足音はたちまち私たち二人のもとに差しかかると、

「こんにちは」

と、いつものように元気よく挨拶をして通り過ぎていった。その声音にはういういしさと親しみのこもった響きがあって、そのすべてが躍動感にあふれている。そしてその時、私は、

（ああ若いっていいなぁ。もう一度あの頃に戻ってみたいよ）

と、ふとどうしようもない羨ましさにつつまれてしまったのだが、その場の体裁をつくろって威勢よく挨拶をかえしたのである。いま走り抜けていった生徒たちは、誰が見ても陸上部であるとすぐに分かる。

私は高校生時代柔道部に所属していた。

いま柔道は、女子のあいだでも盛んであるが、私たちの少年時代は、柔道は男子がやるものといった固定観念のようなものがあって、私は今でも、「柔道」ときけば男のにおいがぷんぷんとしてくる。

私たちの稽古は、まず柔道着に着替えてランニングで裏山に駆け上ることからはじまった。そのときのことを思い出すと、柔道部員の走る格好は見るからに腰の位置が低くドタドタとして男臭い。だから決して格好のよいものではない。それに柔道着ははだけ、その走法は見る人々に如何にも猛者連といった印象をあたえたであろうことは否めない。こういった柔道部にくらべれば、いま通り過ぎた陸上部員はなんといっても背筋がしっかりと伸びて走る姿

勢がいい。つまり、走ることに洗練されていて垢抜けしているのである。

T先生は、目の前を駆け抜けた少年たちのうしろ姿を目で追いながら、

「ああ若いっていいですなぁ。まったく羨ましいよ」

と、ため息まじりに言った。私もその言葉に、

「ほんとですねぇ。あの頃にもう一度戻ってみたいものですね」

と同感した。

高校生といえば年齢も十六、七歳のころである。私も生徒たちのうしろ姿を追いながら、二度と戻ってこない若さという年齢をしみじみと恨めしくさえ思ったりもした。得てして誰もがある年齢に達し、こうした若々しくはじけるような少年たちの姿に出会うと、ふと（あの頃に戻ってみたい）と羨望《せんぼう》の念にかられるのかも知れない。

昭和三十八（一九六三）年、私が初任で赴任した学校は、霧島連山の麓、その一画にあった。規模は児童、生徒の減少が著しくすすむ今日の学校現場からすれば、四百五十～五百名という数は大規模校の片隅ぐらいには入るのかもしれないが、当時としては中規模校のうちの「中」といった人数だった。

私は少年時代、太平洋の荒波が立ち騒ぐ海辺の町で育った。そのせいか山懐に抱かれたこ

の町は、人も自然も、また何もかもそのすべてが穏やかであり、肩の力がぬけすぎて物足りない不自由な気分になりがちだった。だがそれでも、私の若さという柔軟性にみちた年齢は、少しずつではあるが、この町がもつ山間のもの物静かな環境にゆっくりと溶け込んでいった。分けても子どもたちの純朴さは、海辺あたりでは見られない優しさのようなものがあって何事にも明るく元気よく取り組んだことである。このことは、私はけっして過ぎ越し遠い昔の記憶に甘く浸って言っているわけではない。今でも当時の感情の感覚は、少しは淡々しく実景を離れているとしても、生徒のひとり一人が焼き付いたように記憶に残っている。


津崎という生徒がいた。名を「亮男《たかお》」といった。

亮男は、体型が細身で肌色も白く見るからに華奢な感じをいだかせた。じっさい冬場になると、亮男は鼻をグスングスンといわせて風邪気味であることが多かった。

こうしたことについていえば、私もそうだったことを思い出す。

私の場合は亮男と同じで肌色も白く細身だったが、ただ有り余る元気とは反対に顔色が青白く病弱にみえたらしい。五、六年生のときの担任であった女教師の山口敦子先生などは、元気棒の私をつかまえて、

「こらっ、青瓢箪。また暴れちょっが……」

と、私のあまりのわんぱくぶりを気にかけて怒ったものである。

私は、あまりにも顔色が白く、まだ熟していない青い瓢《ふくべ》のようで不健康そうに見えたのだろうが、私はそうした先生や父母の心配をよそに、夏は海に川に目いっぱい遊び、冬は冬で仲間を引き連れ野山をかけめぐったものである。言い換えれば子ども仲間の大将といったところであった。それでもメラニン色素が少ないのか多いのか、私の顔はちっとも日焼けしなかった。私の顔色が人並みになったのは中学三年の時、盲腸炎で手術をしてからである。以来、私自身、人並み以上（？）に健康であり健康色であると思っているが。

亮男も私と似てそうだった。亮男は透き通るような肌色でひ弱そうにみえるが、駅伝部の練習は欠かしたことがない。走ることが何よりも好きであったのだろう。放課後には部活動でもくもくと汗を流した。

ある日曜日のことである。練習に集まった部員の中に当然いるはずの亮男の姿がない。常日ごろから亮男が練習を休むことなど考えてもみなかった私は、部員を前に、

「亮男はどうした？　誰も連絡は受けてないのか」

と、事情がよくのみ込めず不思議にさえ思えて聞いてみた。だが、部員は誰も知らない。知らないどころか部員の誰もが（亮男が来ていない）と心配していた。用があってどこかへ出掛けるとも聞いていないと言う。私にも思い当たるふしがない。

陸上部の生徒はなべて真面目である。そのなかでもまた、亮男はとくに真面目で、無断で休むなどと考えもしなかった私は、亮男がどちらかと言えばおとなしい生徒だけに気になった。

（家で何かあったのだろうか。ひょっとしてお母さんでも具合が悪いのでは――。一般家庭に電話も普及していない時代。よし、とにかく亮男の家まで走ってみよう）

亮男の家までは七キロばかりはある。いや、もっとあるかもしれない。自家用車も普及していなかった時代である。

家は佐々木校区にあった。佐々木校区の生徒は中学校までの距離が遠いので自転車かバスの通学だったと記憶する。

そして、その日は日曜日だった。

私は、いつものように身の上下をランニングウェアに整えると、学校をあとに亮男の家へと走ったのである。

忘れもしない五月の初旬のころだった。学校から少し離れたところからつづく二石田の坂を上りきると、あとは上りもなく、下りもなく平たんで走ることも容易であった。山道の木々のあいだに若葉の香を漂わせて吹く風が走る肌身にここちよい。しかし、七、八キロもあった通学距離について、後に記念誌として発刊した文集の中に、同じ校区から通学していた同

窓生が、

「通学時間がながくてうんざり……」

と書き述べているところをみると、やはりもっと遠かったのだろうか。

確かに当時の家庭訪問などを思いおこせば、二駅も汽車にのって、そこから歩いて、また三十分もかかるところもあった。半世紀経ったいまでも忘れもしない、地名を「後ろ谷」といった。それは、それは大変だったことも然ることながら、今はそういった難儀苦労をしたことがしみじみとして懐かしく思い出される。

ところで、学校を出発して、川沿いに二百五十メートルばかり行った辺りから右手に曲がると坂道になっている。先に述べた二石田の坂である。

坂はだらだらと続き、その右側にはぽつんぽつんと人家が建っている。坂を上りきればまっすぐに行かず左に折れて馬渡という集落にでる。馬渡集落には小学校があった。佐々木小学校である。

産児の極度に減少する今日、山間にあったこの小学校は現在も存続しているのかどうか分からないが、当時を思い出すと、このバス路線は朝、昼、午後の三本だけ運行していたという記憶がある。しかし今になってみれば、これも正確な記憶かどうか——。朝、午後の二本だけだったような気もしてくるのであるが……。

時間が止まったように時が静かに流れている山里。山里の農家は見たところ耕地もあまり広くはないが、傾斜地をうまく利用してのんびりと菜園をつくっているようである。田圃はほかのところにあるのだろう、見あたらない。

私は亮男の家についた。走ってきたせいか立ち並ぶ木々の深さが汗ばんだ体をじんわりと冷たくつつむ。ひんやりとして時の間の心地好さを味わいながら弾んだ呼吸の落ち着くのをまって、

「ごめんください。——ごめんください」

と、家の中へ声をかけた。返事がない。誰もいないようである。物音ひとつしない。

（やっぱり留守か。きっと何かあったんだ……）

と思いつつも、未練がましく、

「亮男、亮男、すずき先生じゃ……」

と、少し大きな声で呼んでみた。やはり返事がない。

（きっと急な何かがあったのだろう。亮男があした学校にでてきたら聞いてみよう）

と思うと、今度は急に学校で練習している生徒が気になった。急げばまだ間に合う。気のせわしい私はその場を去ろうとして一歩ふみだした。と、その時である、家の中で何か「コトッ」とかすかな物音がしたようである。私は耳をそばだてた。確かに家の中でなにか物音

がした。私の大きな声が家の奥までとどいたのであろう。しばらくして土間の板戸がゴトゴトッとあいた。そして寝ぼけたような亮男がのっそりと顔をだした。

私には、走ることの好きな亮男が練習もせずにこうして家に引きこもっていることが、かねての亮男からは考えられない不思議なことであった。そうした割り切れない気持ちを隠しつつ、

「おう、いたのか。どうした、どこか具合でも悪いのか」

亮男は私を見てびっくりした様子もなく、それよりもそうして家にいることが悪いことでもあるかのように、白い顔をわずかに赤らめて、

「いいえ」

と言う。

「一人か。お母さんは？　いらっしゃらないのか」

「はい。だれもいなくて留守番せんないかんものだから」

「なんだ、そうだったのか。おれはまた、どこか具合がわるいんじゃないかと思って気になって来てみたのよ」

「――」

「何ともなくてよかった。あした学校には来るのだろう……。じゃ、俺は学校へかえるよ。

みんなが待っているだろうから」

私はランニングシューズの紐を結びなおしながら帰路の空を見上げた。晩春の陽光はまだ中天にはとどいてはいない。亮男と私の会話はただそれだけ。生徒と教師というよりも男同士のただそれだけのやり取りでしかなかった。私は身づくろいをしなおすと、あした会うことを約束して、また学校をめざして駆けだした。

いま私は、遠いこの日のことを懐かしく思い出す。風光も、場景も、そしてまた会話も。半世紀たったいまでも明々として、その余韻は少しもあせず静かに私の中で息づいている。

亮男の家庭は、お父さんをはやく亡くしていた。だから亮男はお母さんと二人暮らしだった。それだけに両親が健在で姉弟も多くわいわいがやがやと賑やかに生活してきた私には、とても亮男の心情を汲み取るほどの力はなかった。

どちらかといえば口数も少なくおとなしい亮男は、後年、厳めしい面構えをした私をつかまえて、

「私はあのころ、先生を父のような思いでみていました」

と言ったことがある。それだけにあの頃を思い出せば、私の若さというものがいかに淡白で頼りなく、自分がいかに思慮のたりない人間であったかと思えてくるのである。

戻った学校の校庭には、部員がいま練習をおえたらしく、桜の木陰で汗ばんだ体をふきな

がら私の帰りを待っているところであった。運動場に入った私に気付くと、「あっ、先生が帰ってきた」と言って、部員は一斉に私の方に視線をあつめた。加えて部員の一人、後迫が言った。

「先生、亮男はどうしていた。家にいた?」

かねて亮男がまじめなだけに気になったのだろう。

「ああ、いたよ」

「どうして練習に来んじゃったの。病気じゃったと?」

「いやっ、きょうはお母さんがおいやらんもんで留守番をしておった。ところでお前たち、今日のメニューは全部こなしたか」

「終わったよ」

いつものように挨拶を交わし、解散して帰路に着く生徒たち。仲良くふざけながら帰る生徒たちもついさっきまで一緒に汗を流した部員、同じ仲間。私の心の中にはいつもと違う余韻が尾を引いた。

亮男も三年生になった。

三年生になると、練習を通して部員のあいだにも落ち着いた楽しい気分が満ち溢れている。積極性が出てきたのである。身長が伸びて走るのにいい体形にもなっている。

三年生には、ほかに山口功、児玉高明、成尾智広、永井孝二、石田忍、宮内輝文というメンバーがいた。そのなかで宮内輝文だけは、私の不得意な短距離走者である。私は的確な指導も助言もできない。

だが宮内輝文は、そんなことはお構いなし。ただ黙々と百メートル走の練習に打ち込んだ。そして得た公式の記録は、私の記憶に間違いがなければ十二秒六であったと記憶している。もし専門の指導者がついていたならばもっと記録も伸びていただろうに。とにかく輝文は速かった。そして後年、聞くところによれば、輝文の長男も速いという。これはきっと父親の遺伝に相違ない。

石田忍も児玉高明、永井孝二も忘れられぬ存在であった。

孝二の印象はといえば、なぜか心にしみるように残っている。人柄が口数も少なく穏やかで、指示されたことや頼まれたことなどは可能な限りもくもくと従順なほどにやってのけた。それこそ部員同士のかたらいの中でも後ろの方で静かに参加する方で出しゃばるようなこともなく、十人の人が十人とも好きになるだろうというようなタイプだったと言ってよい。ほっそりとした体付きで、背は高からず、集団の中にあっては目立たない存在である。

ある日私は、練習に遅れた孝二が一人もくもくとトラックを走る姿を目にした。かねてどちらかと言えば部を牽引しているような部員にしか目のいかない私は、この思いがけないさまをみて胸のうちに反省のような感動のような何か言い知れぬものがこころの中にうごめく思いがした。そしてそのうごめくものはだんだんと膨らみ私の脳裏に焼き付き住み着いた。今でも生徒の走る姿を見ると、か細い体で一人遅れて走る孝二の姿がふとダブって思い起こされるのである。(あの時、孝二の心には何が、どんな思いが存在していたのであろうか)と。

部員の中で、何かにつけて元気棒だったのが成尾智広である。

智広は、亮男の性格や行動を「静」とするならば、まさしく「動」といった表現が似つかわしい。そしてこの「動と静」はうまくかみ合って部をけん引した。

智広は二人姉弟である。そのためかどうかは分からないが、智広はすこぶる甘えん坊である。だからその元気さも悪戯っぽく茶目っ気がある。良い意味での暴れん坊なのである。よって練習にも元気の良さが随所にでて部員の気分を明るくもりあげてリードした。

智広の走法は、これまた亮男と対照的である。亮男が走ることを楽しむかのように同じペースを刻むストライド走法なのに対し、智広は背筋がピンと伸びてせまい歩幅で勢いよく走るのである。年を取って私は、今もなお智広の郡大会での躍動感あふれたピッチ走法を思い出す。

あれは全区間を一年生二人、二年生二人、三年生三人の計七人を一チームとして競われた公式の大会であった。

私は、勝敗を決するのは三年生が走る一区、四区、七区だと考えていた。そのうちでも一区と七区の二つの区間は、そのおおかたが上り下りの坂である。

坂は、高低差が激しい。

一区は、スタートから五百メートルばかり走ると急激な上りの坂が始まる。坂は、一キロはある。上りきれば今度は長い下り坂になっている。下りは一・五キロばかりあるかも知れない。とにかく上りも下りも長く厳しい坂である。

私は、三年生が走る四区を除いた一区と七区の厳しいこの区間に亮男、智広、功の三人をどの区間に配置すればよいものかと迷いに迷った。

功は、人が好い。根っからのお人好しである。

例えば、どんなことでもいい。部員から何か聞かれると、その度にびっくりしたように目をパチクリと開いて驚いたように受け答えをする。その表情が何とも正直者らしく愛嬌があって可笑しさを醸し出す。

功は、人との争いを極端にいやがった。打算も駆け引きもまったくない柔和な人柄である。功は、人が好すぎる。人が好すぎてもし最終区が勝負となったとき——果たして……と、私は考えたのである。

（よしっ、最終七区には智広を使って、スタートの一区に功を使おう）

と考えに考えたあげくに、私は決めた。

智広の元気棒気分というものは、勝負を賭けた一番には強いかもしれない。いや、きっと強いはず。功には一区の上り下りの坂をまかせようと迷いを断ち切った。

最終七区、智広は先頭と二十メートルばかり離れて二番でタスキを受け取った。

私は予想もしていない好順位に興奮した。これが五、六番であったならあんなに血の騒ぐこともなかっただろうに、頭の中に優勝の文字がよぎったのかもしれない。試走タイムからして予想もしなかった上出来の順位ではないか。思わず、

「智広、後ろを気にするな。前だけをみろ」

私は、言葉がほとばしった。

前の走者に目を据えてひたひたと追う智広。負けまい、追いつかれまいとして、これまた必死で逃げる先頭の走者。全区間を通して一番の難所といわれる小浜の坂はすぐそこ。

小浜の坂は、車社会のいまでこそ難なく越せる峠道だが……。上りきってしまえばまた急激な長い下り坂がつづく。そして、坂を下りきってしまえばもうゴールの性応寺前がすぐである。

優勝をかけた上り坂でじりっじりっと距離を詰める智広。にげる走者。二人の形相はすさまじく、「おい」と手をのばせば肩に届きそうな一瞬のゴールに沿道を埋めた観衆も「はっ！」

と固唾をのんだ。

この最終区のレースを目にしていた私は、襲いかかるような智広の容貌と勢いに激しく心を揺さぶられ、血はたぎり、我を忘れるまでに興奮したのである。テープを切ってみれば一秒というわずかな差。私は、無念さがこぼれた。だがそれは、不思議にもすぐに消えた。

道路をうめた観衆には、一位と二位のゴール差があまりにも劇的な勝者と敗者でしかなかったろうが、二人の走者は年齢十代半ばの最も多感な少年たちである。三年間、その人となりに接してきた私は、胸一つの差で智広をふりきった勝者にもつかつかと歩み寄り、

「よくがんばったね。おめでとう」

と、寛容にねぎらう心境になっていた。何故なら、そこには悔しさも、また心残りのような恋々とした感情ももう私のなかに存在していなかったからである。

生徒と教師、されど人と人。ただこの時は、私は「信頼」という大きな勝利をつかんだことに気付いていなかった。もちろんその時、そんなことを考えもしないし思いもしない。そしてそれは、その後ずっと後になってじんわりと確かなものになって気付くのである。

さて亮男だが、亮男は折り返し四キロを走った。私はこの時、人の混雑で亮男を応援することができなかった。

亮男は、智広や功とちがってストライド走法である。この走法は、坂を上るにしても下るにしても脚にかなりの負荷がかかるらしい。

私は走法を学んだこともないまったくの素人である。であるからして、走ることにおいて歩幅が広いの狭いの、腰の位置が高いの、低いのだとか、また呼吸の仕方はどうのこうのといったような専門的な知識など何も取り立てて考えもせず、ただ走ることにおいて本人自身が、このコースは得手か不得手か、好きか嫌いかといったような単細胞で直感的な判断でしかなかった。要するに早い話が、亮男はかねてから上りや下りの坂よりも平たんな道がよい、好きだと言っていたということである。

話が少し横道にそれる。

一九六〇（昭和三十五）年のローマ、六四（昭和三十九）年の東京、この二つのオリンピックで連覇をはたしたエチオピアのアベベ・ビキラ選手。アベベ選手の走法はストライド走法であった。とくに六〇年のローマ大会でのアベベ選手は、両腕の脇を軽く締め、ひじを曲げて腕を抱き込むようにして淡々と歩を刻んだ。その美しいまでに無理のない走法に、走ることになんの知識もない未熟者の私をして唸らせたものである。

アベベ選手は古代の遺跡といわれるローマの石畳の上を、シューズも履かず裸足のままでひたひたとひた走りに走った。マラソンの距離は四十二・一九五キロである。

時にマラソン競技の由来であるが、紀元前四九〇年のマラトンの戦いで、ギリシャ軍の勝利を伝えるため一人の兵士がマラトンからアテネまで三十九・九〇九キロを走り続け、報告後絶命したという故事に基づくと言われる。それを裸足で走破したアベベ選手の姿に、関係者のみならず誰もが驚いたことはいうまでもない。記録は二時間十五分十六秒二、オリンピックレコードである。

そして、それから四年後。アベベ選手は、東京ではシューズを履いて走った。なんとレコードは二時間十二分十一秒二である。三分以上短縮のレコードである。これにはまたもや国民もびっくりした。

ところが、である。その後オリンピックではないが、このレコードを破る者があらわれた。オーストラリアのクレイトン選手である。

クレイトン選手の走法は、アベベ選手とまったくスタイルのちがう走法であった。つまり両腕を胸元にかかえこまず、だらりと下げ、見た目には、今までのような型にはまった走法ではなく、自分のスタイルで自由に、そして気ままに走っているようである。つまり歩幅をこまかく刻んだピッチ走法であった。確かこの時の記録は、二時間十一分台だったと記憶する。長距離走におけるピッチ走法がにわかに騒がれはじめたのはこのときからであり、半世紀も経った今日では、記録もすでに五分台に突入している（執筆当時）。

話がずいぶん長くなってしまった。もとに戻そう。

亮男がストライド走法であったことはすでに触れた。今でもよく思い出すのだが、あれは校区一周駅伝大会のときだった。私は四方に稲田の広がる田舎道のやや小高いところに立って選手の通過を待っていた。

秋の刈り入れを前にした稲田は、どの田も一面黄金色に色づき、いかにも豊穣の大地をおもわせた。この豊穣の稲田の大地にはところどころに小高い塚のような茂みがあって、それが邪魔してかなたからこちらに近づいてくる走者を判別しにくくしている。と、誰かが遥か彼方の稲田を指さして、

「先生、一番の走者が来るよ」

と言った。見ると、かざした指先の方向には、曲がりくねった田の中を見え隠れするようにしてこちらに近づいてくる走者がある。

「ほら、あそこ。あれ誰だっけ?」

走者は米粒のように小さく見えて、人眼にはだれだかはっきりと判別できないのである。

だが私には、

(亮男だ!)

と、すぐ分かった。

遠い山々を背にして金色の垂れ穂の中を走るランナーは白いランニングシャツである。おそらく下も白いランニングパンツに白いストッキングをはき、白いシューズもはいているだろう。おまけに額にきりりと結んだ白い鉢巻は亮男のこだわりである。走法はまるで一幅の絵のようではないか。

ランナーは黄金色に色付いた山田の中をひたひたと、ただ黙々とこちらに近づいてくる。近付くその表情は脇目も振らずただ斜め下一点に視線を投げて、無表情なまでに淡々と走ってくる。なにを考えているわけでもない。後者も気にせず、また、きついという刺激的な感情をとおりこして無心に走ることを楽しんでいるようである。

亮男はあれよあれよという間に近づいて、私たちの見ているまえを「あっ」という間に走り抜けた。

私は遠のく亮男のうしろ姿を目で追いながら、

（部の生徒たちは、走ることを心からたのしんでいる。成長した……）

と思った。そして、

（走るって、なんて素晴らしいことだろう）

私の胸は高ぶるようなそんな感動をおぼえていた。

この束の間の出来事は私の脳裏にその実景をそのままにとどめ、今も若き日の忘れがたい思い出の一ページをつづり合わせているのである。

高校生陸上部の生徒が駆け抜けたうしろ姿を目で追う私を見て、

「あのころの駅伝部の生徒たちを思い出しはせんな」

と、T先生も生徒のうしろ姿を追いながら目をほそめて言った。

「そうですね。やっぱし横川は初任の地だったし、心の片隅に忘れることのできないなにか慕わしげな感覚が残っているようです」

「あのころの生徒たちももうそろそろ六十歳になる頃ですかな」

「そうですね、あと二年ですね」

「そうな、あと二年あるな——私たちも年を取るはずじゃ」

「年だけは順序よくとりますからね。こればっかりは避けて通れぬ道ですよ。先生も無理をしないように……」

そんなことを言いながら、T先生も私も走る若者たちから目をはなした。

小気味よく弾ける足音が次第に耳から遠ざかっていく。秋場の日は短い。やわらかい陽ざしは薄らさむく日暮れももうすぐである。そんな風景のなかで私は、遠い子どもたちのランニング姿がまだボンヤリとかさなっていた。

（追記）令和元年のお盆もすぎた八月の二十日だった。奇しくもこの項を書き終わった時、玄関先で「ごめんください」と声がした。出てみるとそこに亮男が立っていた。私は「ぎょっ」とした。こんな偶然があるものだろうか。

亮男は十八時のフェリーサンフラワーで志布志港から大阪へ帰るという。

「来年は陸上部の同窓会をします。場所はどこがいいですかね。先生が来れるような近いところ——ここ志布志でもいいいな……。皆と一緒に連れだってきます」

と、私へのたのしみをいっぱい積んで船に乗った。

4. 記憶の風景

霧島連山の南山裾に位置する小さな町、私がこの町の中学校に赴任を命ぜられたのは二十二歳のときである。半世紀を経たいま、かの地での五年間を振り返るにつれ、あんなこともあった、こんなこともあったとしみじみとして懐かしく、また気恥ずかしいといった言い知れぬ気分にもなってくる。

ところで私が、この初任の地で三年生を担任することになったのは赴任して五年目のことで二十七歳のときであった。早くはない。むしろ遅かった。いや、決定的に遅かったといえる。もっと知的で鋭い感覚や頭のはたらきがあって仕事のできる人であればもっと早くその役がまわってきていたであろう、と往時を懐かしく回顧するこのごろである。

もともとすこぶる元気棒であった私は、どちらかと言えばいたって考えが浅く、かてて加えてこれまたおっちょこちょいのあわて者。そのちゃらんぽらんとも映ったであろう私の立ち振る舞いは、受験をひかえた子どもたちに果たしてふさわしいかどうか、と誰しもが考えたに違いない。それこそ私は、まだ十代あたりのそこいらの子どものように、言われるままにあっちにちょこちょこ、こっちにちょろちょろと動き回っていた。そんな若さゆえの元気に加え、これまたじっとしていることのできない忙しい損な性分。末っ子で生まれた私は、きょうだいの多いなかで、男は私ひとり。そのせいかどうかは分からないけれども、担任や学年などどうでもいい、そんなことなど他人事のようで気にもならない。ただ私には子ども相手に本分である授業をたのしみ、部活動に汗を流すことが何よりもすきだった。

下宿先のアキおばさん。おばさんはそんな子どもみたいな私の軽々しくもあるような振る舞いを見て、

「まこて元気のあるもんじゃ」

と言って、半分呆れて驚き、わが孫でも見るように面白がって、開いた口がふさがらないといった顔をしたものである。

ちょっと余談になるが、つい先日、わが家の近くにあるドラッグストアで丸山さんにばったり出会った。

丸山さんは、私が転勤三校目で受け持った生徒である。いまはあの頃と違って引っ込み思案した表情も取れて明るさがにじみ出ており、ずいぶんと落ち着いた感じを受ける。そういっ

た丸山さんと往時近時にあれこれと話を咲かすうちに、丸山さんは私の顔をじっと見ていたが、

「先生、もう幾つになられました」

と聞くものだから、私は、

「七十一、もうすぐ二だよ」

と応えて、

「丸山さんは幾つになったのかね」

「私ですか、私もう五十ですよ」

「五十歳か、若いっていいねぇ。この頃つくづくとそう思うよ。丸山さんなんかまだこれからどんな夢でも描けるもんね」

と、私が言えば、丸山さんは遠慮がちに手首を振りながら、

「先生はあの頃、何歳でした？　ほかの先生方とちがってすごく元気そうに思えたんですよね」

「ああ、あの頃ね。あのころは四十代初めの頃だったのかな。若かったからだよ。若さのせいだよ」

「元気が有り余っていたんですね」

丸山さんは当時を振り返り、なにか可笑しいことでも思い出したのか、「フフッ」と含み笑いをもらした。

要するに三十代のころまでの私の気分というものは、何も知らず分からずまるで「これぞ青春」と謳わんばかりに自由に、怖《お》めず臆せず水を得た魚のように奔放に泳ぎまわっていたようである。――よって二十代の私を知るべしである。

初任地での五年目、三年生の担任がまわってきた。それこそ過ぎ越し四年間を振り返ると、私は教師としてあまりにも無作法にゆき過ぎたのかもしれない。つまり私は、世間の常識や感情の制御と言ったものにとらわれず、自分というものを自由に表現し、自由に、いや、わがままにといったほうがいいのかもしれないが、好きなように振る舞っていたような気がするのである。いってみれば表面的にはそれ相応に年を食ってはいるが、内面はそれに応えるだけの成長がなにもない。それこそ学生気分がまだ抜けやらぬといったほんの子どもだったようである。私は馬齢を重ねたいまでも事に当たって肺肝を砕くような深く鋭い思慮がない。だから言うまでもなく受験をまじかに控えた子どもたちをそんな未熟な半人前もない教師に任せてよいのか、といった言葉にならない一抹の不安を職員のだれもが持っていたのかも知れない。

が、しかしである、スズキを初任地であるこの地で、このままにして終わらせてはならない。とにかく育てなければ、と、周りにはそんな気分もあった、らしい。
昭和三十、四十年代の世間の気分といったものの中には教える、育てる、譲り合う、施すなどといった仏心的な気立てが人々の心にまだ豊かに遍在《へんざい》していた時代である。口ではなんだかんだと言いながらほってはおけず、人をつつみこむような温かみが感じられたそんな時代であった。いまの精神風俗から見れば、昭和は、それはそれは情け深いまでに心優しい時代だった。
かくして昭和四十三（一九六八）年度三年生の担任は、危険な因子を持った私をかばうようにして、
A組　鎌下利治
B組　小生
C組　岩屋末行
D組　大野龍一
の各先生方が取り囲んだのである。
三人の先生方は、年齢も三十代後半から四十代半ばのいずれも経験豊かな元気のよい兵《つわもの》たちである。しかも個性豊かで大のお人好しばかり。
年長者である岩屋先生。先生はふだんまったくといってよいほど飾り気のない先生である。

とは言うもののまったく飾り気のない人などいないと思うのだが、先生の受け持つ技術科という教科柄か、校内ではいつもさっぱりとした作業服姿でおられた。そして、その地味とも思える作業服を身に着けた先生は、見たところやさしいお人好しの小父さんといったところの盛年である。

背は高からず、そうかと言って低からず。腕や胸の筋肉は鋼《はがね》のように隆々と盛り上がり、その足元や歩き方は、腰がどっしりと落ちて重々しさを感じさせ、実に地に根の生えたビクともしない強靭な大木を連想させた。そして、その鍛え抜かれたような身体は、山門の仁王様。ただし仁王様と言っても、あの阿吽《あうん》の呼吸をした表情の仁王様ではなくやさしい田舎の小父さんであり、それはそれは親しみのある先生である。

あるとき何かの用があって先生のいらっしゃる技術科室をたずねると、先生はU首の半袖シャツ姿になってコツ、コツ、トントントンとさかんに何かを叩いておられる。そこで私は、後ろからそっとそばに近づいて、

「――何を作っておられるのですか」

と興味ありげに覗き込むと、先生は、

「おお、鈴木さんか――これか、これは息子（生徒）たちの椅子じゃ。かわいい息子たちが暴れるもんじゃからな、どこそこ壊れちょると。ついでにほかのクラスの椅子も修理しかた

よ」

「手伝いましょうか」

「いや、今日はもうこれで終わるところじゃ。あとはまた明日するのよ。毎日少しずつせんといっぺんには終わらん」

「先生は腕が太いですね。まるで丸太ん棒のようですね」

私がちょっと腕をさわると、先生はその太い腕の肘を折って、

「おお太《ふ》てどがよ、おまいの二倍じゃね。触ってみやい」（おおふといだろう、おまえの二倍だね。触ってみなさい）

先生は自分でもそう思っていらっしゃるようで、ぽっこりと力瘤をつくってみせてくれた。それがまた隆々と盛り上がり、まるでボディビル選手の筋肉である。今になってみれば何でもないこの時の先生の笑顔がなんとも自慢げな子どものようで、教室の古さを漂わせる技術科室の場景までも交えて、なぜか一葉のパノラマ写真のように色濃く懐かしく思い出される。

当時先生は、剣道は五段。よく「人は見かけによらぬもの」というが、そのとおりで先生は、剣道を学ぶ多くの人がもつプロポーションではなかった。

例えば、お相撲さんがまるまると太ってがに股で歩くように、剣道を学ぶ人の多くは脂肪がとれ筋肉質で、外見はすらりと姿勢が伸びて均整がとれ、格好良く映るものである。それ

が先生は、そうは映らない。先にも述べたようにまるで山門の仁王様である。地面を踏みつけながらのっしのっしと歩いているようである。それであって身のこなしはいかにも軽やか、やはりこうしたところは剣道のせいであろう。

運動のなかでも、とくに柔道、相撲、ボクシングなどといった格技系のスポーツが好きな私は、先生が校内に剣道部を新設されるとすぐ入部（？）した。もちろん私は、仕事の手がすいてからの稽古だったから、その稽古量も上達もしれたものである。けれども稽古に立たれる先生は、いつもの優しい小父さんのような眉目《びもく》も消えて、それこそ生気に満ちた号令と全身生き生きとしたバネと胆力でふだん見たこともないまるで別人である。

ある日先生は、剣道部振興のために高段者の先生を学校に招聘された。高段者の先生は、姓を確か「常盤《ときわ》」と言われたと記憶している。岩屋先生とは旧知の間柄らしく、二人の先生が交わされる言葉には他人行儀なよそよそしさは感じない。むしろその会話は、仲の良い親しさがそこはかとなく伝わってくる。

ところで稽古もあがり、お礼を兼ねてまず一献ということになった。とは言え、昭和三十（一九五五）年代半ばに入って始まったといわれる日本の高度経済成長は、周囲を山々に囲まれたこの山村には人々の賑わいも明るさも届かず、さほどの影響も感じられない、教師にはまだ薄給の時代だった。

豊かになった今の時代のようであれば、人はだれでもどこかの小料理屋などで贅沢な飲み方になっていたのかも知れないが、そう豊かになったとも思えない暮らしのなかで焼酎片手に、岩屋先生の奥様の手料理に舌鼓をうったのである。

常盤先生はすこぶる身長もあって体格がいい。予期したとおり酒もお強いらしい。そばで見ていてもいかにもおいしそうに、しかも豪快に盃を傾けておられたが、そこは酒が持つ魔性の力。気分よく酒量がすすむと、先生方はますます剣道談義に花が咲いた。そして酒を片手に及ぶところが私についての剣道談義である。

酒がほどよくまわった岩屋先生。いきなり、

「スズキっ、おまえはほんのこて心の綺麗な奴じゃ。稽古をしてみればよく分かる」

酔った勢いの褒め言葉。私は少しばかりこそばゆい気持ちもしながら、

「剣道はちょっと手合せしただけで、そんなことまで分かるものですか」

と、真面目になって聞き返すと、岩屋先生は、

「おお分かる分かる、すぐに分かる。スズキっ、剣は心よ。なぁ、常盤先生……」

その日は土曜日ということもあって、常盤先生も腰を据えての酒盛り、堂々たる体躯で酒が強そうに見えた常盤先生もいつの間にか酔っておられる。

常盤先生は岩屋先生から同意を求められると、

「スズキさんは剣道が好きじゃいやんさなぁ、なかなか筋がよすごわんど」

と言われて、私はちょっと照れくさかった。

「剣道を始めてからどれくらいないやっとな？」

「ここで始めたばかりです」

「ほう！　始めたばかりじゃいやっとな。岩屋先生よ、おまんさあは好か弟子を見つけやしたな」

と岩屋先生を見て、そしてまた私の方に目を移し、

「きばいやんせ、なかなか筋がよすごわんど」

と、私の手をとって励ましてくださった。そのときの常盤先生の手のひらの大きく柔らかかったこと。そしてこのときの大きな手の感触は、私の右手に今でも淡くほのかに残っているのである。後になって知るのだが、私は剣道を修行する人の手のひらの感触は、節くれ立って、いかにもごつごつとしているものとばかりと思っていた。だがそれは違うようで、むしろ女性の手のようにすべすべとした柔らかく綺麗な手のひらになるようである。このことは、以来剣道の稽古に励んできた私が実感するところでもあるから一概に的外れでもあるまい。

岩屋先生一家の住宅は中尾田というところにあり、団地住まいであって、私の借家から川べりの小さな田んぼ道をおよそ三百メートルばかり行ったところにあった。

先生のお宅を失礼するときには九時ごろだったろうか。まあそんなことは何時でもいいが、きっと私も酔いが回っていたのであろう。

いや、私は意識もしっかりしているつもりだったし満足した気分で帰途についたのである。道は、左側は僅かばかりの田んぼが広がり、右側には清流の清水川が流れている。辺りに家は一軒もない、それこそ田舎道というより田圃道である。暗い足元に気を配るいっぽうで放歌しながら気分よくてくてくと歩いた。

剣道を始めたばかりの新参者が、それも高段者の先生への掛かり稽古。蹲踞《そんきょ》し相対して構えただけでも威圧感・圧迫感をうけ、それにおされて〝窮すればネズミ猫をかむ〟の思いでかかっていった。そんな稽古のあとの疲れを知ろうはずがない。若さゆえ、疲れは一呼吸すればすぐに取れた。いや、そう思えたのかも知れない。しかし、心身の深いところまでは取れていなかった。気が付かないが芯の芯といったところには残っていたのである。

私はいつにない激しいかかり稽古のせいか、そのあとの精神に張りをなくして田んぼ道にへたへたと座り込んだ。

（ああ、いい夜だなぁ……）

と思いながら仰臥《ぎょうが》した。——ハッと目覚めてみれば、酔いは覚めていた。

仰臥した夜の天空には、いまにも零れ落ちてきそうな満天の星がキラキラ輝いている。ここの地形は小さな盆地にいるようで分からないが、どこかに月が出ているのだろう。暗いはずの空がまるで明るく碧い空のようである。瞬く星のせいだろうか、私自身が天空のなかに同化しているような錯覚をおぼえる。

ちょろちょろと田んぼから田んぼへと流れ落ちる水音も大自然の静けさに吸い込まれ、天から降る星だけが私を深くつつみ、ロマンの世界にいざなっている。そしてこの瞬間、私はいままで味わったことのない境地にあったようである。

この一夜の出来事は、私をして剣道のとりこにした。

いま七十歳半ばをすぎて竹刀をにぎるとき、ふと初任地でのさまざまな出来事や、岩屋先生を思い出す。やさしいマスクにがっしりとした仁王様のような体躯。そんな先生が半袖シャツを肩までまくり上げ、ぽっこりとつくってみせた力瘤。先生の笑顔はおごりのない子どものような無邪気な表情だった。

大野先生。先生は島の出身である。確か奄美だったと記憶する。そういえば岩屋先生も離島だったのではなかったかな?

私の母が存命のころ、島の人はおしなべて人が好いと言ったことがある。私には今も多くの島出身の旧知がいるが、その誰もが純朴で親しみやすい人たちばかりである。それも共通しておっとりとして正直な人ばかりでギラギラしたところなど一つもない。

つい先日のことだが、古くなったわが家の改修工事を旧知を介して業者に頼んだ。するとこれがまた島の出身者で、年は四十歳前後といったところか。仕事に取りかかる前に相方となにか手短な打ち合わせをしただけで、あとは黙々と自分のうけもちの仕事に傾注していたのだが、その仕事もてきぱきとして若いのにしっかりした仕事をするもんだと私をして思わせた。やはりここでも私のなかにひそむ先入観は裏切られなかった。

話が横道にそれそうになった、もとに戻そう。大野先生についてである。

私が職について一年もたったころだったろうか。先生は、職員室から用務員室への渡り廊下のところで私に出会うとふと足を止めた。そして振り返り、

「スズッさん、おはんな碁は打たんとけ?」

と聞かれた。私は、

「将棋なら少しはしますけど、碁はやったことがないのですよ」

と言うと、先生は気安く、さも簡単であるかのように、

「教っかすかい」(教えようか)

「はぁ——でも、碁はむずかしいのでしょう」

私は内心あまり気乗りがしなかった。しかし気乗りしたような、しないような曖昧な生返

事をした。

「どらいっとっ来てみやい、教っかすっで」（どれ、ちょっと来てごらん、教えてやるから）と、先生は強引に私を用務員室の畳の間に誘ったのである。

断るに断れない新米教師の葛藤？　を知るや知らずや、あとをのこのこと付いてくる私を見て上機嫌の大野先生。この時から二人の間には、お互いに黙認しあった師匠と弟子の関係が成立した。そしてこの師匠と弟子の間柄は、後々になって仲良き碁敵になろうとは、ああこれまさに諧謔なり。ちなみに将棋は「指す」というが、碁は「打つ」という。また、これまで囲碁に接する機会のなかった私は、そんな表現の区別すらも知らぬほど疎かったし、碁盤の中央にある黒い点を「天元」と呼ぶことすらも知らなかった。大野先生の教示はまず、ここから始まったことは言うまでもない。

井目風鈴をつけて打ちはじめた囲碁。大野先生は囲碁の目も分からぬ私を相手に味気なかったであろう個人レッスン。ややしばらくたって「もう天元の石はいらん」と言われてやっと碁盤から一目の置き石がとれた。それよりも天元にまで碁石を置かれては、大野先生自身も囲碁の面白さが味わえなかったのかも知れない。

囲碁をおぼえると、下手は下手なりに実に面白い。おもしろいがゆえに、

囲碁双六は四重五逆の悪事
碁を打つより、田を打て
碁に凝ると親の死に目にもあえぬ

などと諺にも言う。

囲碁も将棋もおとなりの中国でおこった遊戯である。加えて麻雀もそうであるが、麻雀は、私にはなんとも中国らしい遊びであると思われるのである。

ついでながら手元にある辞典で「麻雀」という語句をしらべてみた。すると麻雀は、明治の末期わが国に渡来したとある。私たちの学生時代も仲間内でおおいに流行《はや》ったものだが、この時代、田舎町志布志でも「雀荘」とか「クラブ」の看板をあちこちで見かけたものである。都会では学生が、それもぷかぷかと煙草をふかしながら、あるいはお金をかけて夜遅くまでする遊びはいかにも退廃的で不健全に思えて麻雀には一度も加わらなかった。

囲碁には人でいう品性のようなものが感じられる。とは言っても一目幾らといった賭け碁をする人もいるようで、そういった人の打ち方を見ていると、ゆったとりした床しい品性などどこにも感じとれないのである。ただ碁石を見つめる目だけがギラギラとかがやき囲碁のかもしだす落ち着きのある風情など微塵《みじん》もない。ずっと後のことだが賭け碁をするKさんとお金を賭けずに手合せをお願いしてみたことがある。もちろん私の大敗であったが、その強いことといったら手も足も出ない。釣り合いのとれない大人とちっちゃな子どもの相撲だった。

師匠の大野先生。先生の表情に真剣さが見られるようになったのは二、三年もたってからだったろうか。その日は二番対局したが、先生の打つ碁石はどうしたことか、今日はさえている。二番とも私の大敗である。

「ああ悔しい」

と残念がる私に、先生の足取りは人（私）に見せつけるように胸を張って足のはこびも軽やかに意気揚々として帰路につくのである。そのいそいそとした姿、ここでも先生の人の好さがにじみでる。

単車が動き出す。と、私は悔しさをかくして先生をよびとめ、

「今夜はぐっすりと眠れるでしょう」

と声をかけると、

「ああ今夜は焼酎がおいしかろう」

いつものことながらそんな時の先生は声音もきげんよく弾み、単車は満面よろこびの顔をした先生を乗せてふたたび動き出す。

師匠、されど碁敵。遠ざかる単車を見送った後、もう私から敗者の悔しさは消えていた。とは言っても連日連敗を喫したその夜は、布団に入っても寝付かれず、脳裏でパチッパチッと碁盤のうえを碁石がうごめいたものである。

鎌下先生。先生も碁は打たれるのだが、打たれるところに出くわすことがめったになかった。先生が打たれるところを見たのはただの一度か二度、先生は職人気質的な気分もあって、よほど手持無沙汰でないと打たれなかった。それこそ謹厳な人柄を感じさせた。そしてそのためかもしれないが、どんな仕事にも手まめでなかなか手厳しいところが自然と表出していた。

例えば、私などは、教科担当が社会科というせいもあってか古臭い話をするようだが、先生はよく講談で語られる大久保彦左衛門という人物を連想させた。

余談になるが、彦左衛門というこの人物、名を「忠教」といって徳川家三代の将軍（家康、秀忠、家光）につかえた。それゆえ二代、三代についてはわが子のように喧しく、絶対権力者の将軍であっても筋の通らぬことには長々と意見をした、と講談によれば面白おかしく語られる。ちなみに彦左衛門が著した「三河物語」は、徳川の天下統一に至るまでの事業を綴った自叙伝でよく知られるところである。

鎌下先生は彦左衛門と同じで、目上にも目下にもそんなことは論外なこと、正しいと思うことであれば誰であれ遠慮せずに飾り気なく意見を言われる。それだけに、時の校長などは「鎌下さんが言うこちゃ難っかしわいハッハハハ……」と、慣れたふうで親しみをもって笑ったものである。

このころの先生の年齢は、三十四、五歳といったところだったろうか。年齢的には若さを残しながら自分の中でゆるぎない悟性がきざすころである。その言われる言葉や表情にはまったく刺々しさもなく、慣れると脇で聞いていて妙に親しみのある可笑しさが込み上げてくる。

先生はジョークめいたことが苦手である。言えない。またそうしたことができないのである。事に当たって生真面目で笑うところを見たことがないほどいつも真剣なのである。それにしても、人はたまに益体《やくたい》もないことを覚えていたりする。

というのは、多分いまでもそうだと思うのだが、先生は歌があまり上手ではない。ズバリ言って下手である。かといって他になにか「芸」のようなものがあるのかと言えば、それもない。しいて言うなら手まめな「もの作り」だったろうか。

またまた余談だが、薩摩（鹿児島県）には「げんね」という方言がある。これは「芸が無い」という意味である。意味が変化して「恥ずかしい」という意味になったといわれる。

思うに、もの作りは芸のうちに入らないのでは？　「業」のうちにはいるのでは？　しかし考えようによってはワザもゲイのうちであると考えてよいのではないか。誰でもかんたんに直せないものを、またあらたな発想のもとに工夫して工作したりする。先生はそんな器用人である。そして私は、こうした「業」を常々「芸」であると思っている。だれでも同じ屋根の下で仕事をしておれば人の意外な面に気付くことがある。

先生の機嫌のよいとき、それも何かよほどうれしいことでもあったのだろうか、芸のない鎌下先生が大工の仕事をしながらハミングされた。私は、

（おおっ！）

と驚いた。これは予期しない出来事である。一瞬私は、仕事の手が止まった。そして、先生を見た。思いもよらないことであったからである。曲は確か、「恋の長崎花」であった。人前で絶対と言っていいほど歌わない先生だが、意識もせずハミングがもれるとは！　この歌は先生の十八番《おはこ》に違いないと思ったことがある。

人前で歌うことのない鎌下先生。先生が人前で歌った。それも生徒と一緒のバスの中。生徒にせがまれ職責の念もはたらいたのだろうか、重たい腰を上げた。もちろん歌は「恋の長崎花」である。上手ではないが、歌声は先生の純真な気持ちがにじみ出ていて哀感帯びて車内に朗々と流れる。

はじめて聞く先生の歌声に、生徒は大喜びして拍手喝采したあの日、あの時なんと楽しかったことか。そしてこの時、私は、

（やはり先生は、やさしさを隠し持った人なのだ）

と、つよく理解したことを今もはっきり覚えている。

諺にいう、「光陰矢のごとし」と。まさにそのとおりである。ここに書いてきたことは半世紀もまえ、五十年もたった昔のことである。にもかかわらず、この地での出来事は昨日あったことのように鮮明である。

先生方とは年に一度、今でも旧交を温めている。とはいえそれぞれが馬齢を重ねたいまでは、岩屋先生ご夫妻も遠い旅におもむかれた。そのせいか私のこころに交情の愉しさはあっても、どことなくしみじみとしたものがふと目覚めるのである。

私はこの項を書き始めたとき、悪戯っぽく面白く書いてみようと思っていた。だが記憶に残る先生方の品性がどうしてもそれを許してくれなかった。私にとってただただ愉しかった初任の地・横川、先生方の実直ともいえる勤勉さしか脳裏に浮かばない。その浮かぶ若き日の出来事の一つ一つが、いまはまさに「記憶の風景」となって静かに、懐かしく心の中を駆け巡っている。

5．よい夢を見た

九州自動車道は、鹿児島市から福岡県北九州市を結ぶ延長三百四十五キロの縦貫高速道路である。この自動車道を利用すれば、今では都城北から福岡天神までバスにのっておよそ四時間で行くことができる。まことに便利になったものである。

私はその昔、夢見て、夢を膨らませ、その一方では小さな不安をかかえて福岡市までポンコツの軽自動車を飛ばしたことがある。その頃はまだ、この縦貫自動車道はなかった。もちろん一風変わった土木建築物として当時話題になったループ橋もできていなかったのではないのかな？　これらの話題よりも以前の話である。早い話がここ志布志から車で博多まで行く近道は旧来の道しかなかった、ということである。

旧来の博多までの道は、ここ志布志を発って都城、えびの、人吉、そして人吉から日本三大急流（最上川・富士川）の一つといわれる球磨川にそって人吉街道を八代にでる。八代からあとは国道3号線を上り一路博多を目指せばよい。

だが、当時はまだ交通機関も、また道路の整備状況も十分とはいえない状況であった。とくに、えびのと人吉間の通行は知る人ぞ知る加久藤《かくとう》（別称・堀切）峠を越えねばならない。それも車で、である。

車時代の現在でも、加久藤峠は細い道なのだろうか。五十数年まえの当時、車が離合できたのかどうか記憶にないのだが、それでも車では肝を冷やすような細い道であったことに間違いはない。舗装でない峠道に散らばる石ころが車のタイヤに弾かれてコロコロと軽く浅い音を立てて道下へ落ちてゆくのだが、その音はすぐ消えた。

至って物好きな私は、車をとめて車外に降りてみた。

眼下は周囲を大小の山々に囲まれて、はるかにえびの盆地が広がっている。まるで飛行機の上からでも見ているようである。そんな大自然の雄大さを感じながらふと足元をみると大きめの石があった。私はいたずらっぽくその石を動かして坂道の脇下へ落としてみた。子どものいたずらにも似た危険な行為である。石は重たそうに草や幼木をなぎ倒しながら、それもまるで深い谷底にでも落ちてゆくようにガサガサゴロゴロと転がってゆく。

季節は十月も末のころだったのだろうか、峠の頂上辺りから俯瞰するえびの盆地の風景は、稲穂が黄金色にいろづき、深まりゆく周囲の山々とよく調和して見事なまでの秋の風景だった。どこもかしこも様変わりする現代とはいえ、現在もあの風景は存在するに違いない。

話は早々にここでちょっと横道に入る。

国内最後の戦と言われる西南戦争のことで、加久藤峠のことである。

明治十（一八七七）年二月十日。鹿児島を発った西郷軍は、えびのから加久藤峠を越えて人吉に入り、一路官軍の守る熊本城をめざした。

折しも加久藤峠一帯は雪だったという。

雪は広い範囲で数日間ふりつづけた。

このときの様子を作家・司馬遼太郎は、『翔ぶが如く』（文藝春秋）の中で次のように書き表している。

――ともかくも南国の地で連日のように雪がふるというのは、例年にないことであった。西郷派に批判的というより、憎むがように冷然と進行中の状況を傍観している市来四郎は、二月十八日の日記で、

……雪降る、甚だし。屋根上、真白。不思議に連日の雪、実に世の大変兆しならん。

といっているのは、実感であったであろう。

西郷は二月二十日、積雪の加久藤越えを山かごに乗って肥後へ越えた。

桐野利秋らは、徒歩だった。

かれがこの嶮を越えるとき、部下をかえり見、たまたま手にもっていた青竹をふりあげ、

「熊本城は」

と、路傍の雪のかたまりを一撃し、

「この青竹で、ひとたたきでごわす」

といったという話は、有名である。青竹一つあれば事が足りる、とこの勇将が劇的な所作とともに言いきったことは、士卒を昴揚させるのに十分だった。（中略）

薩軍の強さについては戦国以来、江戸の太平の時期を通じ、諸国で神秘的なほどに信じられていたし、戊辰戦争はそれをみごとに実証した。百姓兵が守る熊本城などは、まさに青竹一つでたたき割るということは、桐野にいわれずとも、誰もがその程度におもっていた。

話をもとに戻そう。

私のオンボロ愛車は、故障もせず、加久藤峠をどんどん上った。軽のダイハツフェローである。今もこの車種はあるのだろうか。車種に無頓着な私は、ふとそんなことを思うことがある。妻も同行した。

せせこましい道幅に大小の石が転がる峠道。もし対向車でもあったなら、すれ違いに、私が運転をあやまり深いがけ下へと転がり落ちるのではないかと、妻は心配をした。その時のことを、いまでも、

「あの峠道は、眺めはよかったけど、車では怖かったわよね」

と回想し、懐かしがる。

ある日、本屋をしよう、妻が店番をすればいい、と思いたった。妻は商家に生まれ、そして育った。それだけに商いの苦しみや悩みを目の当たりにしてきた。だから商いが身にしみついているとはいえ、商いを始めることには乗り気ではなかった。私は私で、妻のそうした心の内を知りながら、若さゆえか、はたまた気忙しい性分ゆえか、妻の気持ちを無視するかのように強引に商いの話を進めていったのである。

福岡までの途次、妻は自分から一言もしゃべろうとはしなかった。ただ黙って助手席にすわっているだけ。妻と私の間に会話があっただろうか、なにも弾む会話をした記憶がないの

である。

妻は私の問いかけにただ味気ない返事をするだけ。それでも何とも思わぬ私の鈍感さ――いや、そうではなかった。私はもう誰も止めることのできない若さの煮えたぎるところまできていたのである。それゆえにほかの面から考えれば、商いに気の向かない妻の感情は、私の理解がおよぶはずもない何事かをあれやこれやと思い悩んでいたにちがいない。と五十年もたった今ごろ、じわりと追懐の情にほだされるのである。

私たちには右も左も分からない福岡博多の市街地。車で、しかも地図を頼りに道順をさがしやっとたどり着いた目的の地は、

福岡市中央区渡辺通り

栗田出版販売株式会社

このとき妻が三十歳、私が二十九歳、おたがいに働き盛り。壮年期のはじまりである。

壮年とは、手元の『広辞林』によれば、「年若く元気盛りの時」とある。また他の辞書によれば「三十代半ばから五十代はじまりぐらいまで」とも書かれていたりもする。いずれにしても私には、若さと行動力があった。俗気や山気があるわけではなかった。ただ何かをするなら本屋をやってみたい、と単純にそう思っただけだった。「失敗」という二文字は私のどこをさがしても存在しなかった。「めくら蛇におじず」である。思うに、凡人のそのまた凡人の

若さとは、得てしてそういったものかもしれない。私は何も気にすることなく開店に向かって脇目もふらず舟をこぎつづけた。そして接岸した。

そんな私を目にして、父と母は危ぶんだ。とくに口には出さぬが、職人気質の父は、私の考え方があまいと危惧したにちがいない。それだけに父が私の起業にひとことも苦言を呈しなかったことは、私には意外で不思議に思えてならなかった。ただ父は、

「セイミツも馬鹿じゃなかろうて……」

と、言ったという。このことは、後になって母が私に語ってくれた。

無口な父が、直接私に言った言葉はこうだった。

「人の幸不幸はその人の一生を通してみなければ分からんものじゃ。良かれと思うてしたことが悪くなることもよく聞く話じゃ。それじゃからと言って人間何もしないというわけにもいかぬ。いまは悪くてもやがて良くなることだってある。まあ、ゆっくり、ゆっくりと歩け、『人間万事塞翁が馬』じゃ。どんな仕事でもはじめたらやりぬかんといかん」

明治も半ば生まれの職人である父は、わが家のせまい庭に目を遊ばせながら、長い人生をわたってきた職人らしく重い口調で静かに語った。それだけに父の言葉は、なにかを噛み締めたように私には聞こえて、今でも体に染みついたようによく覚えている。

父は、一言、

（へこたれるな）

と、私にそう言いたかったのかも知れない。

私の福岡博多での契約交渉は、ことのほか早くすんだ。そのため、その日の夜は、どこか博多の宿に泊まったのか、それともとんぼ返りしたのか、全く記憶にとどめていない。しかし、あの加久藤峠の道を考えたとき、とても夜道の運転をしたとは考えにくいのである。やはり泊まったのだろう。それはともかくとして、妻は往く時とは違って帰る時、早くも新しい仕事にむけて夢を語り、その声は心なしか力強く弾んでいた。開業に向けて意を決したのである。

近頃私は、柄にもなく博多座へ観劇にでかける。

今日のように自家用車も普及していなかった時代、志布志から博多まで行くにはいったん鹿児島まで出なければならなかった。だが今は、書き出しにも記したように都城北から高速バスにのればよい。時間も、労力も大いに助かる。バスがえびのを通過する辺りの遠めの高所に異様なかたちをした建築物が望める。ループ橋である。

ループ橋とは、急勾配になるのを避けるために、山岳地に輪を描くように建設された橋のような建物である。当時は土木建築の粋をこらしてつくられた極めてめずらしい建造物であった。

　そしてまた何年かの時を経て、急勾配で聳え立つ山々にトンネルをうがち、人々はループ橋よりも利便性のある車道を通した。九州自動車道である。

九州自動車道を走るバスは、ほんの一寸の間だけループ橋の壮観を仰ぎ見せて通過する。ループ橋のかたわらを上るあの峠道。加久藤峠道は、辺りが深く草むして望めもしないが、今も旅人の往来を心待ちにしているのかも知れない。

過ぎ越し方を振り返れば、あれもこれも若さゆえにできたこと。私たちが店をたたむことにしたのは、平成十三（二〇〇一）年のことで、私が病に倒れたためだった。妻が六十二、私が六十一歳のときである。それこそあれもこれもと変化の激しい時代であった。

　この世のことは何もかも夢。今はよい夢を見たような気分である。

6. 今晩は、左近充です

遠く過ぎ去ったことでも、人は昨日あったことのように思い出されることどもがある。あの日の夜もいつものように九時には店じまいをして、店から少し離れた借家へとまっすぐ歩いて帰ったのだった。

帰り着いた借家は、これがまた時代めくような家のつくりでなんとも古めかしい。令和という今の時代ではお目にかかれそうもない間取りである。

家の外観をみても床の高さが驚くほど高い。だから床下はすのこのような犬堰でふさいであるし、玄関はといえば、玄関のつもりで間取りをされているのであろうが、年月を経て建付けの悪くなった出入り口の引き違い戸を開けると、すぐそこには座敷に上がるためのおおきな長方形の踏み石が置いてある。

踏み石に履物をぬいで座敷に上がってみると、奥へとつづく部屋の間仕切りはぜんぶ襖になっていて、この襖を取りはずしてしまえば、家そのもの全体が宴会場か集会場になるのではないかと思われる、そんなつくりである。一言で言って実におんぼろである、ということである。

おんぼろではあるが、それでも気分のいいわが家に帰り着くと、家の中から聞き覚えのない声がする。誰かお客さんらしい。

私は語らいで賑わうわが家へ入ろうとしたが、入らず、そっと横庭を通って勝手口の方へまわって台所から中に入った。襖仕切りで二間も離れた部屋の声が台所までよくきこえる。その声を聴くとはなしに耳にすると、客は男性である。どうもここら辺りの人ではないようだ。話す言葉に混じり気がない。流暢な標準語である。

（誰だろう）

と、私は思いながら、靴を脱いでそっと台所に上がろうとするそこへ、妻が覗き込むようにして襖を開け、ひょっこりと顔をみせた。

「なんだ、お父さんだったの。なにか物音がするようだと思って来てみたの。いま帰ったの？」

「うん、誰かお客さん？」

「ええ、お父さんに会いたいと待っていらっしゃるの」

「おれに——だれが?」

「朝日新聞の記者さんらしいわ」

「天下の朝日が、おれに何の用だろうね」

と、私はぶつぶつ言いながら、いったん脱いだズックをまた履こうとした。

「どこゆくの、なにか忘れ物でもしたの?」

「いやっ」

私は靴を履きながら、

「なんで新聞記者が——見ず知らずのおれになんの用があるんだろう」

「さあ、何の用だとかそんなことまだ何もおっしゃらないけど。前のアパートに引っ越してこられたとかで遊びにみえたみたいよ」

「ふーん」

と、私は相槌を打ったものの気持ちと体はもうわが家から逃げていた。どうも気がすすまないのである。

「何の用できたのか知らないけど、標準語を使うインテリは、おれはどうも苦手なんだよ。わるいけどおまえがよろしく相手をしておいてくれ。おれはもう少し仕事が残っていたから、それを済ませてくるよ」

と言うと、私は音をたてないようにそっと家を離れた。

「あっ、ちょっと、ちょっと待ちなさいよ」

「――」

私は、口が重たい方ではない。だが、見知らぬ人、つまり初対面というのがどういう訳か大の苦手なのである。口下手なのかも知れない。田舎人なのである。高齢者の仲間入りをしたいまでも、気分的にはそうである。多少融通のきかない頑固な奴だと思われても自分のペースを守っている方が、気が楽なのである。早い話が人見知りである。そこへきて幅広く世間を渡り歩き有り余るほど豊富な知識をもった新聞記者のような人には気後れして、私はますます苦手意識が増幅するのである。

ところが、一難去ってまた一難。それから二、三日して新聞記者と名乗るその人はまたやってきた。

「今晩は、左近充です。また来ました。ご迷惑ではなかったでしょうか」

と、建付けの悪くなった引き違い戸をカタカタと開けて入ってきたではないか。私は胸のうちで、

（うわっ！　苦手なインテリがまたやってきた）

と思ったが、今夜は逃げ出すわけにもいかない。油断大敵であった。万事休すである。私

は観念した。

左近允と名乗る氏は、上り口の障子を開けた。そして部屋を覗き込むようにしてみせた大きな体躯、のっそりとして、遠慮したような素振りなどどこにもない。

「お邪魔ではなかったでしょうか」

と断ったものの、そのあと、

「上がってもよろしいでしょうか」

と言って、無遠慮にもさっさと上がり込むすばしこさ。その行動たるやはどこか都会人的であり、親しさとも取れる可笑しさのようなものがある。そしてそれに引きずられた私も、

「どうぞ、どうぞ」

と、心にもない会釈をする始末。

見れば氏は、身長が百八十センチを超えるような堂々とした体躯である。加えて話す言葉も所作もやはり都会人で、思ったとおり眼鏡をかけてインテリ臭い。そういうところが田舎人の私にはどうも苦手意識がはたらくのである。何の用事があってきたのかも今となっては露ほどの記憶も残っていないのだが、おそらくは、私どもの住まいする借家が、氏のいるアパートのほんの目と鼻の先だったということもあったろうし、私とは別に、妻がここ志布志という小さな町で小さな書店を経営しているという面白さや、また氏がテーマをもった取材

には何かと多くの知り合いも必要であったろう。それらさまざまなことが新聞記者である氏をわが家に引き付けたのかも知れない。

とは言っても氏の気の配りようは、私たち夫婦が考えているような単純なものではなかった。氏は、朝日新聞社が命じたであろう重任に若い精魂を傾けていた。要するに氏の私的な、また公的な生活行動は、その全てが新聞記者であったと言ってよかった。

ある晩、仕事も一段落したらしく、いつものように、

「今晩は、左近允です。夜遅くからご迷惑じゃなかったでしょうか」

と、冗談めいた言い方をして左近允氏がやってきた。

氏のこうした来宅は、毎日あくせくとしていた私たち夫婦に親しみを感じさせた。そして私たちは、いつしか氏の来宅を心待ちにするようになっていた。

妻はいつものようにすぐ酒の支度をした。酒とは、焼酎のことである。いつ、どこで覚えたのか、氏はビールよりも焼酎を好んだ。

焼酎は慣れないと飲みにくい。息が詰まってむせるのである。私など五十歳のころから抵抗なく飲めるようになったが、焼酎が飲めるようになるとビールに目がいかなくなる。

例えば、宴会のときである。今は昔とちがってほとんどビールで乾杯をするようだが、私一人は昔ながらの透明に透き通る焼酎を片手に高々とあげて唱和する。

また老いた今など、昔のように食台の上に一升びんをデンと据えて酔いを楽しむ？　というようなこともなくなったが、それでも食台より離れたところに置いてある焼酎が、毎晩のことゆえ、ほんの少しずつ少しずつ減ってゆくのである。それこそこれぞ「酒は微醺《びくん》に飲み」、そして「味わいたのしむ」の境地かも、と、一人で悦に入るこのごろである。それにしても私の悪いところで、話題がこと酒の話になるとつい横道にそれてしまう。もとに戻そう。

突き出しを前においしそうに焼酎を飲んでいた左近允氏が、ふとあるものに気をとめた。そして私にたずねた。

「これどうしたの？」

一見私たちには何でもないような団扇《うちわ》。氏はそこに書いてある文字に引き付けられたらしい。

「買ったの？」

「いやっ、女房がどこかの店で貰ってきたんじゃないのかな――ねえ、この団扇、どこのお店で貰ったの」

「ああそれね、それは向かいの酒屋さんに焼酎を買いに行ったとき、その時くださったのよ」

と言いながら、妻はちょっとした酒の肴を見繕って台所から運んできた。

「志布志の店は買い物をすると、どこの店でもくださるのかな」

「言えばくださるんじゃない」

「――」

団扇には酒屋の店名や電話番号とは別に、なにか大きな文字が書いてある。その文字が何と書いてあったのか記憶にとどめていないのだが、志布志湾開発にかかわる字句だったことに間違いはない。氏はその文字から目を離すと、私どもにはまだなじみの薄い宇井純という人物の名をあげて、新聞記者らしく公害の話を熱く語りはじめたのである。

そういえば左近允氏が、この小さな町志布志にやってきたのは、日本高度経済成長期（昭和三十年代から四十年代前半に至るといわれる）も終わりに近い昭和四十四、五年ごろだったろうか。

鹿児島県は、昭和四十三（一九六八）年に志布志湾全域に及ぶ二千三百四十三ヘクタールを埋め立て、ここに石油精製および石油化学関係の工場を誘致し、一大臨海工業地帯を造成しようとした。しかし志布志の住民は、このころ全国的に高まっていた公害反対運動や自然保護といった機運とあいまって、この一大プロジェクトに強烈な「ＮＯ」のサインを突き付けたのである。すなわち地元漁民をはじめ誘致に反対する地域住民や湾に接する隣県の漁民や住民も一緒になって、それこそ凄まじいまでの埋め立て反対運動へと広がっていった。

ここ私の手元に『昭和の時代』（小学館）という一冊の図書がある。その第四章「日本の国土と環境」の中の一文を借用すると、

——エネルギー革命をもたらした石油は、燃料だけでなく、化学製品の原料としても使われはじめた。

日本初の石油コンビナートは、昭和三十四年（一九五九）、三重県四日市市の旧海軍燃料工廠跡地を中心に建設された。これを契機にその煙突群からは、年間約十万トンにも及ぶ硫黄酸化物が排出され、その結果、ぜんそく症状を訴える近隣住民が増加した。「四日市ぜんそく」の発生である。

第二コンビナートが操業を開始した昭和三十八年以降、大気汚染は深刻さを増し、昭和四十二年にはコンビナートを構成する六社に対し民事訴訟が提訴されるまでに至った。

大気汚染は、工場と自動車の増えた都市でも深刻化した。昭和三十七年に「煤煙規制法」が制定されたが、大気汚染はますます深刻化していった。昭和四十五年に表面化した東京・牛込柳町交差点付近住民の慢性鉛中毒は、自動車の排気ガスが原因であった。

また、同年に東京・杉並の高校で生徒四十数人が吐き気を訴えて倒れたのも、光化学

スモッグが原因だった。それは、工場の排気や自動車の排気ガスに含まれる窒素酸化物や炭化水素が、強い紫外線を受けた結果、化学反応を起こして発生したオキシダント（過酸化物の総称）であった。

工場などの固定発生源からの煤塵に対する規制は、昭和四十三年制定の「大気汚染防止法」により大幅に強化された。しかし、民間企業による公害防止関連の技術開発、設備投資に拍車がかかったのは、「公害対策基本法」が改正された昭和四十五年の「公害国会」前後からであった。（中略）これらの対応により、二酸化硫黄、二酸化窒素、そして、浮遊粒子状物質の測定濃度全国平均値も低下してはいるものの、（後略）

志布志湾は、アジやサバ、イワシといった水産資源に恵まれた海である。加えて最寄りの沿岸では、バッチ網によるちりめん雑魚漁も盛んにおこなわれている。

ついでながらこの項を書くために訪れた志布志漁港。漁港は、その日も豊漁だったらしく、水揚げされたちりめん雑魚の入った大きなポリバケツが、ところせましとばかりに幾つも無造作に並べられていて、それを三人の若い漁師が重たそうに運んでいるところだった。

「ずいぶん揚がりましたね。いつもこんなにたくさん揚がるんですか」

と、私がたずねると、若者は、

「少ない時もあるし、今日は多かったほうじゃないかな……ね」

と、ポリバケツの片方を持つ同僚に、確かめるように言った。

一方、埋め立てを免れた安楽川河口より西側は、白砂の緩やかなカーブをなした海岸線が肝属川河口辺りまで続く。そして、その間にある菱田川をふくめ各河口付近には、二月頃うなぎの稚魚が生息する。

『大辞林』（三省堂）によれば、

「うなぎの稚魚は体長五センチメートル内外で、糸のように細い。海で孵化し、二月〜五月頃南日本の沿岸に集まり、群れをなして川を上る。これを捕獲し養殖に用いる」

と記載されている。

二月ごろだったろうか、埋め立ての難を免れた菱田川河口辺りの波打ち際に、蛍火のようにして小さなあまたのあかりが動いている。シラスウナギの捕獲である。

稚魚の捕獲は、解禁の期間中、捕れる夜もあれば全く捕れない夜もあると捕獲する人は言う。捕れない夜はことさらに海の水が冷たく思われ身にしみると語ってくれたが、そんな夜、捕獲する人の肩にかついだ大きなたも網が心なしか重たそうにみえる。ともあれこの時季になると、稚魚の捕獲は志布志湾北岸の早春の風物詩として新聞紙上の一角に今も彩を添えている。

太平洋に向かって大きく湾口を開いた志布志湾。湾内の真中央に世俗を離れて静かに鎮座する一つの島がある。枇榔島である。

枇榔島は、その周囲が約四キロメートルの無人島で、ビロウ樹をはじめ百六十種類にも及ぶ熱帯、亜熱帯性の植物が生い茂った珍しい島である。ゆえに島全体の植物が国の特別天然記念物の指定を受けている。指定されると保護の徹底が図られなければならない。

志布志湾のほぼ全域に及ぶ埋め立てにはじまる新大隅開発反対運動。左近允氏の仕事はいっそう多忙さを増していた。

氏がわが家に顔をみせるのも三日に一度、四日に一度、長い時は一週間も十日もアパートを留守にした。そんなとき私ども夫婦は、それが氏の仕事だと分かっていても、

「どうしたのかしらね、もう戻ってきそうなものだけど……」

「きっといま忙しいのだろう。それにしても、今度はやけにおそいね。ほんと、どうしたんだろう」

私たち夫婦どちらからともなく氏の来宅を待ち遠しそうに口にした。

もともと独り身の新聞記者の生活は、不規則なものだろうと思ってはいたのだが、十日も経ったお昼ごろだったろうか、氏は寝不足でもあるような顔をしてのっそりと店に顔をみせた。

「あらっ、どこ行っていたの。今度は長いこと留守にしていたじゃない」

「ちょっと鹿児島にね」

「何の取材？」

と、妻が言うと、氏は田舎書店の小さなみすぼらしい本棚に目を遊ばせながら、

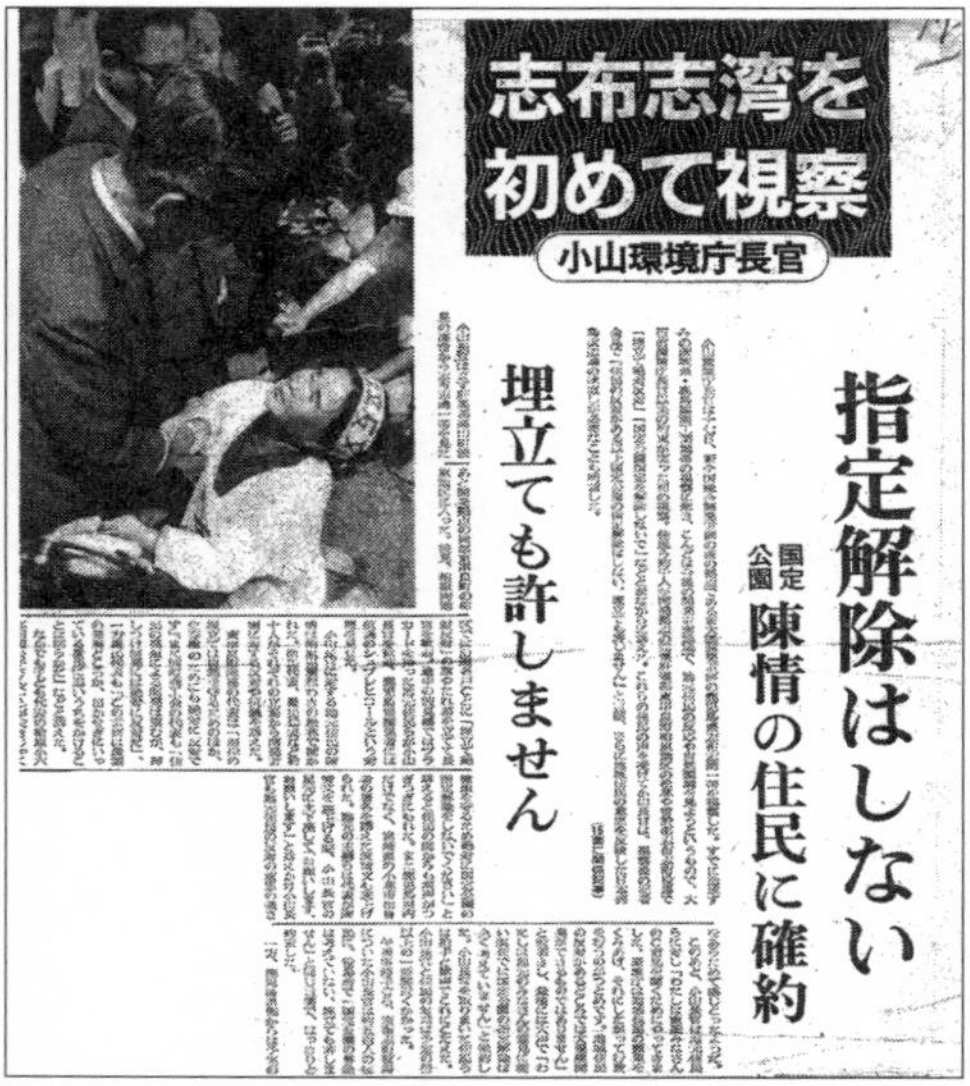
志布志湾を初めて視察

小山環境庁長官

指定解除はしない

国定公園 陳情の住民に確約

埋立ても許しません

1972年8月18日付朝日新聞一面

「このところ私もなんだかんだと急に忙しくなりましてね」

と、いかにも都会人らしさを帯びたおかしみのある言い方をした。

私は、そんな二人の会話を耳にして、愉しみながら、見るとはなしに氏の眼鏡の奥に目がいった。氏の瞳辺りにはいつものような力強さがない。やはり氏は、少しばかり疲れている、と、私は思った。

今ここ手元に、当時の朝日新聞記事をスクラップしたものがある。この記

事は、私がこの項を書くために氏にお手数をお掛けして送ってもらった数枚の中の一枚である。

こうして改めて記事に目を通すと、忘れかけていた忘れてはならない四十数年前の反対運動の生々しさが、ありありと甦ってくる。

加えて、氏の返信をそのまま付記させていただく。

＊＊＊

拝啓

東京では、昨日あたりからソメイヨシノが散り始めました。入学式は、桜吹雪の中でしょうか?

さて、思いがけない方からお手紙をいただき、正直驚きました。何か悪いニュースではないかとハラハラしながら封を切ったものです。お元気そうで何よりでした。

お問い合わせの件ですが、

・私の在任期間

一九七〇年二月十五日～一九七三年三月三十一日

もう少し詳しく書きますと、一九六九年九月一日付で鹿児島支局に赴任し、志布志が開発問題でごたごたしてきたので、急きょ一人勤務になりました。通常、大隅半島には鹿屋にしか記者がおりません。

・1面トップの記事

何本か書いたと思いますが、そういう時は超多忙な状態でスクラップをきちっと作っておらず、はっきりしません。

1本だけスクラップがありました。一九七二年八月十八日、環境庁長官が初めて志布志湾を視察し、日南海岸国定公園の指定解除はしない、すなわち、埋め立て開発は許さないと明言した記事です。これを契機に、新大隅開発計画は廃案の流れになりました。参考までにコピーを同封します。社会面トップの記事は、たくさんあります。

志布志在任中のスクラップブックは十二冊あり、ほとんどがこの開発問題関連記事ですが、町の話題や、社会性のある記事も結構書きました。

納戸から何十年ぶりかで古いスクラップを取り出してきたので、思い出深い記事をコピーして送ります。

山宮神社のお祭りは、志布志に赴任して初めて書いた記事です。記念すべき初記事。あの祭りは、多少エッチなチンポコ踊りの部分がおもしろいわけですが、触れませんでした。大きすぎた弥五郎どんは、特ダネです。大隅町に取材に行った時、すし屋でお客が話しているのを耳にし、すぐにまとめました。南日本大隅支局の時任さんに大ショックを与えた記事。長いこと、抜かれた、抜かれたと話していました。

末吉町の九官鳥もまあ特ダネの話題。鹿児島弁を話すのがおもしろいところ、九官鳥がしゃべっているような記事にした工夫も、ほめられました。

安楽川に豚の糞尿が流れているという記事は、ひどい話で、大問題になりました。今日有名な薩摩の黒豚もこういう歴史があったのです。まあ、社会性のある特ダネです。写真が生きていますね。本社から賞をいただきました。これらみんな、志布志に赴任して半年ぐらいの記事で、新米記者にしては、頑張っていたのだなと今さらながら思います。鈴木ご夫妻と親しくなる前の話かもしれませんね。

私はこの春ですべての仕事をやめ、ようやくフリーになりました。四十五年間働いたことになります。その最初が、志布志でした。初恋の人みたいなもので、まあ心のふるさとといったところでしょうか。

また、遊びに行きたいです。ダグリ岬に泊まって、奥さんの二胡を聴いて、焼酎を味わい、よかったですね。岬からの志布志湾が大好きです。

時間に余裕ができたので、ふらっと出ていくかもしれません。お元気にお過ごしください。

再会を楽しみにしています。

春爛漫とはいえ、肌寒い日もあります。くれぐれもお体を大切にお過ごしください。奥様によろしく。

敬具

二〇一五年四月

左近允輝一

鈴木　成光様

＊　＊　＊

左近允氏が志布志を離れる日、妻と私は鹿児島（溝辺）空港まで見送った。

この日の天候はどうだったのだろう。記憶にも残っていないが、タラップを上って機内に吸い込まれていく氏の姿がなぜか霞むようであったことを思い出す。

滑走路を滑るように飛び立った飛行機。飛行機は瞬時にその機影を遠くにし、そして消えた。

「左近允さん、今どの辺りかしら」

と、助手席の妻が言った。

「そうだな、和歌山県の潮岬辺りかな。あと半分ぐらいだよ」

「はやいわねぇ。私たちが志布志に着くころにはもう東京に着いているわよね」

「今度はこちらから遊びにいこうじゃないか」

と言うと、妻は、

「そうねぇ、でもなかなか行けそうもないわねぇ」

といった。

本屋という仕事。その営みは小さいながら週刊誌、月刊誌、書籍類といった出版物がひっきりなしに毎日入荷する。またその合間には返品の荷造りや注文品の発注等々、多忙をきわめた。

歳月は流れ、八十にも手の届きそうな今、

(今晩は、左近允です。お邪魔ではないでしょうか。上がってもよろしいでしょうか)

と、そんな空耳もするようになった今日この頃、氏がほんのりと酔って弾き語りをしてくれた「山谷ブルース」。

一、今日の仕事はつらかった　あとは焼酎をあおるだけ
　どうせどうせ山谷のドヤ住まい　ほかにやる事ありゃしねぇ

二、一人酒場で飲む酒に　かえらぬ昔が懐かしい
　泣いて泣いてみたってなんになる　いまじゃ山谷がふるさとよ

この歌は三、四、五番までとつづくのだが、私も酔えばいま、この歌が十八番《おはこ》である。

7. 直広

今年の梅雨は空梅雨なのか七月に入っても雨が少ない。わけても月のはじめの二日と三日は梅雨とも思えない晴れ間を見せ、日が差した。ただ梅雨の時季特有のムンムンとした蒸し暑さだけは相変わらずで、心地よさといったものはまったくない。

退職後、日がな一日テレビと向き合い、食卓に広げた新聞や雑誌にも飽きて梅雨の晴れ間のひまを持てあましていた私は、そのせいかどうかは分からないが、何となく気分晴らしのようなものがしたくなっていた。が、そうかといってこの季節「どこを」、また「なにを」といって当てがあるわけでもない。得てしてこんな時というのは、ひょんな思い付きが脳裏をかすめるものかもしれない。

(直広はどうしているかな、久しく会わないが……。帰ってくることはないのかな)

と、私はふとそんなことを思った。

かつての勤務校であるU校までは、いま住んでいる私の実家から十キロある。およそではない。まるで計器で測ったようにぴったりである。

私は車で出かけた。

車は、スズキのワゴンR。運転しているときは梅雨の晴れ間ということもあって、車窓を開けて走るとちょうどよい塩梅に涼しいのだが、信号待ちで停車するととたんにビニールハウスの温室にでも入ったかのように湿気を帯びた熱気がムッと車内をおおいつくす。それなら車窓をしめてクーラーをかければよいのだが、これもまたケチで細かい性分の私は、「心頭を滅却すれば、火もまた涼し」（僧・快川）と強がって、自然あるがままの暑さにあまんじて運転を待つのである。

志布志駅に近い実家から、国道220号線を西へ四キロばかり走ると町の西端を流れる安楽川にとどく。橋を渡り、ほんの少しばかりゆくと右手に同じぐらいの道幅をした坂道がある。

坂道はその昔、とはいっても昭和も三十年のころまでは、坂道を上がる左側は桜の名所だったところで、三月末のころから四月初旬のころの開花の時季になると、それも車がまだ普及していない時代、どこからこんなに花見客が集うのだろうと思うくらいに賑わったところである。

私たちは子どもの頃から、この坂道一帯を「さくらやま」と呼んでいたが、果たしてこのころ桜山という地番があったのかどうか。これも今は遠い昔のことのようで、現在は商いの店が立ち並び、バスの停留所だけが往時の名所「桜山」というバス停の名で名残をとどめている。

桜山の坂道を上りきると、そこには広い台地が広がっている。野井倉台地という。

野井倉台地は戦時中、それもほんの末期につくられた飛行場の跡地である。だがこの飛行場から飛行機が飛び立つことはなく終戦をむかえた。

空襲の体験が記憶に残るのは、当時四、五歳だった私ぐらいまでだろうと思うのだが、戦後しばらくは、台地は大小のコンクリートの破片が路面一帯に散乱し、母と手車を引くほそい体の私には、でこぼこ道のなかなか難儀な道だったことをこの道を通れば思い出す。

そのうち破片はきれいに取り除かれた。そして春はレモンイエローの菜の花畑が台地一面をおおい、夏には青田がそよ風にのんびりと小揺らぎしている自然の光景に出合えるようになった。だが、そんな戦後の風景を知る私には、思い出すつもりはなくても、台地のほとんどが休耕田になっているいま、辺りの風景をみるたびに豊穣とした耕田の昔が懐かしい。

南北朝時代、武将新田義貞が軍馬を集めたところと言われる石碑など横目にしながら野井倉台地を下ると安楽川の中流あたりにでる。ここに架かる田尾橋を渡るとまた、ちょっとした坂道がけじめなくだらだらと続く。この坂道を上がりきると田畑の広がる風景の中、はるかかなたに大きな建物が見える。U校である。

私がU校に赴任したのは、昭和四十五（一九七〇）年、三十歳のときだった。在任期間は短くわずか三年でしかなかったが、着任すると幸運にも（？）今度小学校から上がってくる生徒、つまり一年生の担任を任されたのである。

新学期が始まるまでの一年生の担任はなにやかにやとことのほか忙しい。あれあれという間に一週間や二週間はすぐ過ぎてしまう。

入学式が終わって二、三日たってからだったろうか、新入生が二人元気よく私のところへやってきた。それこそ新しい学生服に身を包んだ彼らは無垢であり初々しい。

十三、四、五歳というころは、人はなべてぐんぐん身長が伸びる。もっとも最近の子どもたちはちょっと違うかもしれないが……。中学生になると、子どもはすぐ大きくなるからと言って両親が買ってやったのであろうダブダブの学生服を着て、浮き浮きと互いにはしゃぎまわる姿は、見るからに小学生である。

一人の生徒は、背が高い。スラリとしている。それにくらべもう一人の生徒は見るからに身が細く背丈もそう高くはない。背の低い生徒のほうが普通の体形なのだが、なんだかひ弱そうに見える。

二人は職員室の入口に立った。そして、

「入ってもいいですか」

と、大きな声で言った。

すると入口近くに席のあるA先生、

「ああ、いいよ。誰先生に用か?」

「剣道部に入りたいのですけど……」

「剣道部か……。部はあるけどね、今やってないぞ。今年はどうするのかな。ちょっと待て……」

そんな会話が職員室の奥まったところに机のある私のところまで聞こえてくる。

私はそんな会話を耳にして机上から目をはなし、顔をあげると、A先生、

「ほら、いま顔を上げてこちらを見ている先生がいらっしゃるだろう。あの先生に聞いてみなさい」

と言って、私に、

「すずき先生、今年は剣道部どうされますか。先生がされますか」

「ほかにいなければ一応そのつもりでいますが」

「この二名の生徒たちが入部したいと言ってきていますが、取りあえず先生のところへやっ

てもいいですかな」

「そうですね」

実のところまだ私が剣道部の顧問と正式に決まっているわけではない。というのは、剣道部はあるにはあるが、指導者がいなくなったため活動もかげをひそめ消滅しようとしていた。それに新学期が始まったばかりでまだ顧問会議ももたれていないのである。

二人の生徒は、職員室の先生方の机間をすり抜けるようにして私のところへやってきた。やって来るとき、私はただ何となくちょっと目をやっただけ、仕事の途中で生徒の歩き方など気にもとめなかった。

二人は私の横に立った。その時である、

(ずいぶんよたよたっとして姿勢のわるい生徒だな。足でも怪我しているのかな?)

と、注意が小さい方の生徒にいった。なんだかちょっと腰が前かがみになっている。だがそうしたことには触れなかった。

「先生、剣道をやりたいのですが……」

背の高い大きい方が言った。

「うん、それで」

私は仕事の手を休め、顔を上げた。

「剣道部に入らせてください」

「ああ、いいよ」

私は事も無げに返事をすると、

「直《なお》も入りたいそうですが、いいですか」

と付け加えた。

名を「直」とよばれた小さい方の生徒は、やはりヨタヨタっとしたなにか不自然な姿勢をとっている。長い時間不動の姿勢がとれないようである。話す言葉も少しばかり口がもつれる。しかし私は、二人を見て気軽く「いいよ」と返事をしたが、念のためにと思い、

「稽古はきついぞ。ついていけるかな」

と直のほうに視線をうつし、確かめるように言った。すると直は、首をかしげたまま、

「は……、大丈夫だと思います」

と、笑みを浮かべてニコッとした。

「ところで両親はなんと言われる。入部してもよいと言われたのか」

と二人に聞くと、直のほうは、

「はじめ反対しました。じゃっどん……」

「でも、なんだ?」

「父ちゃんが反対しても、俺は剣道部に入るよ。もう決めたんだからと言ったら、それから何も言いません」

「――」

二人は顔を見合わせた。

「よかったね、直」

背の高い森雄一が言った。

直はホッとしたように雄一を見上げた。その喜ぶさまは、まるで心配していた学校にでも受かったかのように「よかった、よかった」と手を取り合って、その場で小躍りしてよろこんだ。

四月も半ばをすぎると、すべてのクラブの顧問も正式に決まった。

私もさっそく活動を始めた。活動を始めるまえにまず、防具の準備である。

防具はこれまで部室として使用していた体育館の舞台裏の一カ所に眠っていた。取り出してみるとさんざんである。糸の切れた竹製の胴もある。ネズミでもかじったのか籠手も破れて使い物にならない。垂れもそうだった。千切れたものもある。それらのうち使えるものは使い、修理できるものは、私がその場しのぎの修理をしたが、所詮は素人の手なぐさみにしかならなかった。それこそ直（八重尾直広）の籠手は破れて千切れかかったものを使い、胴は昔ながらの竹製のものをつけた。だから胴を打たれると痛いらしい。見ていて直の顔が苦痛に歪むのが分かる。

稽古の始まりは、全員揃ったところで一斉に素振りからはじめる。そして基本の面打ち、籠手打ち、胴打ち、籠手胴打ちへとすすむのだが、直広はどの稽古でも終わるまで時間がかかった。

例えば、打ち太刀と仕太刀に対し、キャプテンが、

「籠手打ち十本、はじめ」

と号令をかけたとする。と、打ち太刀が仕太刀（稽古相手）の籠手を打つ。そのときの直広は、籠手打ちの動作も極めておそく、身のこなしも不正確である。同じように面打ちも、胴打ちも、まして籠手打ち胴の連続打ちともなれば、直広にはなお難しい基本稽古である。

部員たちは、直広の稽古が一つひとつ終わるまで待たねばならない。中には待つことに痺れを切らしイライラする者もいるが、私がいるから表面だって口にはしない。直広はそれを知ってか知らずかどんなときでも決まった稽古の量だけはきちんと確実にこなした。几帳面な性格である。

ある日私は、なにかの急用ができて稽古を見てやれなかった。用が済んで道場に帰ってみると、稽古はすでに互角稽古も終わり、仕上げの稽古に入っている。

（あれっ、どうかしたのかな）

と、そのとき私が目にしたのは、泣いているように見えて仕上げの打ち込み稽古をしている面の中の直広の表情だった。いら立っているようでもあるし、泣くまいとして歯を食いしばっているようにも見える。

（誰からかこなされたのかな）

部員の中の……、いやいやこの学校の中でいじめなどといったそんな気配など今まで感じたこともないし、ましてこの地域そのものがそういったことを許さないところである。あり得ない。

稽古も終わって、全員正座して、キャプテンの号令で被っていた面を一斉にとった。部員の額にふきだしている汗。どの顔もすっきりとしたいい表情をしている。私は気付かれないようにさり気なく直広の顔色をうかがった。だがその顔には、いつもの稽古と同じでなんら変わったようにはみえない。今日の仕事をやり終えたという満足感あふれる表情である。

ちょうどその日の帰り道だった。校門のところで直広の下校に出くわした。めずらしく直広も一人である。私たちは歩きながらたわいない話題を楽しんだ。そして、

「直、稽古がきついのか」

「――」

「それとも誰かにいじめられたのか」

と聞くと、直広は、

「いやっ、そんなことはないよ。稽古はのさんよ。じゃっどん部をやめようとは思わん。皆がよくしてくれるしね」

「じゃ、どうして涙を流していたんだ。おまえ泣いていたじゃないか」

「ああ、あの時ですか。あれは……」

と、ちょっと考えたふうで、それから語り始めた。

「みんなと同じようにできんからですよ。悔しくてならなかったのです」

「――」

「先生、俺の手足はどうして思いどうりに動かんのかね。歯がゆくてね。自分に腹が立つのですよ」

「――」

私は、さも有りなんと思った。励ましも、また一時の気休めの言葉などとても見つからなかった。

私は、これまでどこと言って患ったことのないほど元気な身体だった。そしてそれが当たり前だと思っていたから、直広のこうした心情までも事細かにくみ取ることに欠けていた。

あるとき直広にまた聞いてみた。

「直広、稽古きつくないか。剣道をやめようとは思わんか」

「きついよ。じゃっどん男が一度決めたことだからね、おれ絶対にやめんよ」

と言い切った。そして直広のそう言い切る言葉には、私の言葉を受け付けない男らしい力強さ、逞しさがあった。

直広の稽古は、どの基本稽古においても遅れた。そしてその遅れがちな稽古に、部員は誰もがイライラと待ちくたびれていた。しかし一言の文句も言えない。私がいるからである。そうした稽古が長い間繰り返されると習慣化し、当たり前のこととして定着するものらしい。部員は気長に直広の稽古の遅れを待つようになった。このことは誰気付かぬ間に部員の結びつきを強くし、部の結束を早めることになったと言っていい。部員全体のちょっとした意識の変化である。私はひそかに悦び、人知れずうなずいた。

一日の稽古も終わりに近づくと、わけても直広は疲れているのが分かった。が、そこでもうひと踏ん張りのかかり稽古である。

かかり稽古は、これが剣道の稽古かというほど息もつかせぬ稽古である。まさに体力の限界。そして、その後におとずれる疲労感は剣道稽古の醍醐味と言っていいのかも知れない。とにかく、かかり稽古のすぐあとは、語る気力もないほど人を無口にする。

直広のよとよとした動作は病気の後遺症である。なかなか良くはならない。いや、そうとも言えない。目には分からないが稽古してみればすぐ分かる。

確かに良くはなっている。ただそれは、体と体がぶつかってみないと傍目で見ているだけでは分からない。それも直広のように身体全体が不自由であればなおのこと分からない。

ある日稽古もすんで、その後である。部員の帰ったころを見はからって直広のお父さんがこっそりと道場（体育館）へ見えた。

お父さんは、ふだんは交通安全協会に勤めておられる。生徒が言うにはたびたび窓越しに直広の稽古を見に来ておられたらしい。だから私は、用向きがなんであるかだいたい察しがついた。案の定、

「先生、今日は先生に相談があって伺いもした」

と、話をいくぶん遠慮がちに切り出された。

話の内容がだいたい分かっていた私は、（なんだろう）と身構えもせずゆっくりとした気持ちでお父さんの話に耳を傾けた。

「――直広の稽古を見ておんせば、あの身体じゃとてもものになるような子じゃございもはん。剣道を知らない私のようなずぶの素人でも分かいもす」

「……」

「先生にも、部員にも今までずいぶん迷惑を掛けておっとでごわんそ。直広に剣道をやめるように先生から言うてもらえんじゃろうか」

飾り気のないお父さんの言葉は、そのひびきからも切々と私の胸に迫るものがあった。親ならば、体の不自由なわが子のかかり稽古を目にすれば誰しもが思うところである。

しかし私がみた直広は、自分が思ったことは、誰が何と言おうと黙々と努力するタイプで我慢強く、しかも強い意志を持った模範的な生徒である。ただ身体が思うように動かない。動かないから、それを克服しようと剣道部を選んだのかも知れない。いまさら（はい、分かりました）と言って、この場ですぐにお父さんの依頼を受け入れる気分には、私はなれない。もっと早いうちに、それも私が直広の入部を許可する前なら口下手な私でもなんとかそれなりに対処できたかもしれない。

「――で、直広はなんと言っているのですか」

「それが困ったことに『おいはやめんど』と言うとごわんさ。『男が一度決めたもんを、そげん簡単にやめがないな』と言うて、そら何度いっても聞くもんではございもはん」

お父さんにしてみれば、つい昨日まで素直なまでに親の言うことを聞いたわが子が、何という言い種。だからこうして私に頼みにきた、と、おっしゃるのである。それこそ父親は、中学に上がって急に大人びた男の子特有の自立心のにおいに遭遇したとき、思案にあまる驚きだったにちがいない。

そしてその現実は、お父さんにとってやり場のない腹立たしいことではあるけれども、これまで気付かなかった複雑な悦びであったかも知れない。

私は心の中で、直広の言動について少なからず賛成をしていた。そして、

(私がいま説得しなければならないのは、お父さんの方ではないのか)

という気がしていたのである。

余談めくが、私の父は、明治も半ばの一八九四年生まれで車大工を生業としていた。そのせいか私の甘っちょろい考え方に「男が一度やりはじめたら、それをやり通せ」と言って私に活を入れたものである。そういった子どもの頃の教えは、今も私の記憶のどこかに潜んでいて、こんな時、ふと父を思い出すのである。

「お父さん、私は直広を何かにしようと思って入部を許可した訳じゃありません。直広の体が少しでも丈夫になれば、そして今は、剣道がたのしければと思って稽古させています。直広の稽古を見て可哀想と思われたかもしれませんが、直広は傍で見るようではありませんよ。直広は意志の強い子です。私も直広に教えられるところがたくさんあります。みんなと一緒に稽古をつづけさせてくれませんか」

「……」

お父さんの表情はまだ心なしか暗く言葉にならない何かを考えておられるようである。きっと心が揺れ動いていたのでしょう。

「直広は何かに負けたくないのでしょうね。一生懸命稽古していますよ。直広のことはしばらく私に任せてくれませんか」

「……」

直広は着装した防具の重みに耐えかねて、蹲踞《そんきょ》の姿勢からそのまま前のめりに倒れ、被った面の重さに頭を持ち上げられず周囲に助けを求めることもあった。

また、直広の打突をちょっといなせば、そのままバタバタとたたらを踏むようにして道場（体育館）の壁板にどすーんとぶつかる。それでもひるまず、直広は崩れた体勢をたてなおし歯を食いしばって稽古している。と、私はかねて見ているそのままを正直にお父さんに語った。

お父さんは椅子に腰かけて、少しうつむきかげんに視線を膝元に落とし私の言葉に耳を傾けておられたが、ゆっくりと顔を上げられると、

「分かいもした」

と、思い直したようにきっぱりと言われた。そして、

「先生にお任せしもす。何かと手足まといになるかも知れもはんどん、どうかよろしゅ頼《たの》ん

「みゃげもす」

「心配されなくてもいいですよ。任せてください」

と、私は返事した。

ほどなく辞去されたお父さんのうしろ姿には、心なしか暗色を負ぶった影も消えて、その足どりは晴れやかな気分が踊っているようであった。

稽古は、そのはじめと終わりが整然としてきた。意欲が感じられる。

加えて直広の稽古を横目にクスクス笑っていた部員たちも、その不屈の精神にひきずられて次第に見下したかのような笑いもかげをひそめ、いつしかその声も励ましとなり、さわりなく私の耳に届くようになっていた。

思えば部を再興した一年目、部に十分な予算などあろうはずもない。無と言っていい。このことは当時ひきつづき活動をつづけていた他の部との兼ね合いもあって仕方のないことであった。が、前述したとおり、防具は倉庫からひっぱりだしたもので時代めくものばかりである。

例えば、面はどうにか使えるが、胴は昔ながらの竹製のものもある。私はいままで竹製の胴というものを手に取って見たこともなかった。実際にこうして手に取って見てみると細工も細かく、見た目よりもなかなか精巧にできている。しかし年数がたっているからだろうか、ところどころ糸などが切れている。そこを何とかつなぎ使用するのだが、しょせん素人のままごとですぐ使えなくなる。籠手も、垂れもそうである。これも先に述べたように、そのいくつかは鼠でもかじったかのように破れ、詰めてあるクッション綿がこぼれている。

年が変わって剣道部にも予算がついた。しかし、これはあくまでも各イベントの出場費用であった。防具の修理を考えれば、こんなちっぽけな予算ではとても足りない。不足なく揃っているものといえば個人持ちの胴着と竹刀だけである。

（せめて籠手の修理だけでも……）

そう思わずにはおれない日々の稽古である。

寝ても剣道防具。覚めても剣道防具。防具をそろえて公式試合に出したい。そのためには――修理代のことしか頭にない私にひょんなことが思い浮かんだ。

校区は、ほとんどが農家である。田んぼは稲穂がたわわに垂れ色づきはじめている。農家は収穫を間近にひかえていた。

私が高校生のころまでは、稲の刈り入れは十月の下旬ごろから始まり、十一月上旬あたりまでのものだったが、昭和四十年代に入ると目に見えて早期の田んぼが増え、多くの農家が収穫の時期を早めていた。

（あ、そうだ、八月には稲刈りが始まる）

私は帰り道、車の中でふとそんなことに気付いた。

気付くともう、私の頭の中はそのことでいっぱいになった。

（どこでもいい、米を作っている大きな農家をさがそう。そこにアルバイトとして——きっとあるはずだ。少しは防具の修理代が稼げるかも知れない）

そう思うと、勤め帰りの車の中も気持ちがそぞろにはやった。

昭和四十五（一九七〇）年ごろといえば、わが国は、三十年代にはじまった高度経済成長のかげりもまだ見えず、企業は中学卒をはじめ多くの若者を労働力として大都会へ吸収していった頃である。

いっぽう農村はといえば、こうした社会変化のあおりを受けて労働力が急激に減少し、農繁期には深刻な人手不足に見舞われていた。それこそ農家の人々は昔ながらの「結《ゆい》」などをまねて助けあい、農家の労働力不足をおぎなうために一苦労も二苦労もしていた時代である。

果たして私の第六感は、当たった。それも予想もしない部員の家庭からアルバイトにきてくれと依頼をうけたのである。私はさっそく全部員の都合を聞いた。そして、その日都合がいいという部員だけをつれてアルバイトの依頼にこたえたのである。

どの部員もよく動き、よく働いた。もちろん子どもゆえ何やかにやと無駄話も多いのだが、それがまた仕事に活気をもたらし愉しさのうちに一日が終わった。

二日目、アルバイト員と化した剣道部員たちは相も変わらずお喋りが多い。子どもに限らず、お喋りは元気の証でもある。だが、その生き生きとした気分も賑やかさも午後になると影をひそめた。仕事に飽きたのか、それとも疲れたのか、はたまたその両方なのか動きも駄弁り声もいまひとつ私に伝わってこない。

私はかねてもだが、部員のだらだらとした姿だけは人に見せたくないと言う気持ちもあって、

「それっ、あともう一踏ん張りじゃ。きばれっ」

と部員を鼓舞し、自分自身にも気合いを入れた。

ところが周りのそうした気分の中にあって、直広だけは手を休めず、笑顔で元気に動き働いている。

「直広、おまえきつくはないのか」

と、そっと私がたずねると、直広は、

「きついよ。じゃっどん気張らんとね。あともう少しだからよ」

と言った。この時のこの一言、直広が持つ身体と内面の強さに、私は深く心を動かされたのである。

こうして頂いた金額はいくらだったのか、今はもうまったく記憶にとどめていないのだが、

そう多くはなかったはず。お金はしばらくして届いた。届いたアルバイト料で直広に、特別に新しい籠手をおくった。

直広は驚いて目を大きくし跳び上がって喜んだ。そんな遠い日、直広の弾けそうな笑顔がいまでも私の脳裏に焼き付いている。

部員の誰もが直広の新品の籠手をうらやましがった。同時に全員が直広の辛抱強さを認め、あらためてその存在を認識したと言ってよいかも知れない。

「よかったね、直」

と、森雄一が言うと、諏訪正一も、河原橋和博も部員全員が口をそろえて、

「直がいっしょうけんめい頑張ったからじゃいよ」

と言ったのである。そしてそんな言葉を耳にした私は、なんとなく嬉しくなって、

(ああやっとここまできたか)

と思ったのだった。

それからというもの稽古の気分もいっそう高まり、相互の関係も個人的な結びつきから全体的な結びつきが強まり、何かにつけて助けあいの空気が漂い始めたのである。

時は流れ——子どもの成長は早い。とくに中学時代はそうである。

直広が入学したときは歩き方までよろよろとして、まるでおもちゃみたいにかわいかった

生徒が、三年生にもなると私を追い越しそうな勢いで背丈もぐんと伸びている。剣道部を牽引する諏訪正一や森雄一などは百七十を超える大型選手に成長していた。

ちなみに正一は、現在は高校の体育の教師をしており、雄一はNTTに勤務している。

二人は強豪揃いと言われる郡の大会で勝ち進み、優勝戦で相対した。

二人の対戦は、傍でみている観客にはおもしろかろうが、私は嬉しさもあるが、どこか、なにか訳の分からない複雑な気持ちになっていた。

闘いがすんで正座して被っていた面をとった正一は、すぐ横で正座している私に、

「先生。剣道をつづけていてよかった」

と、額に噴きだす汗をぬぐいながら喜びを口にした。そしてその表情たるや、険しい山を踏破し、やっと頂上を征服した者だけにしか見られぬ虚心の表情であったことを、私は昨日のように鮮明に覚えている。

いっぽう雄一の姿は会場のどこにも見当たらない。

(どこ行ったのかな、外かな?)

と、私は軽い気持ちで、いや軽い気持ではなかったが雄一をさがした。だがそのとき、はっと気付いたのである。それは、雄一がいままで自分でも気付かなかったかもしれないライバルという意識が思わず湧きあがったのではないかと。そしてそのライバルに負けた悔しさに

わが身をどうしようもなかったのだ。そうだ、それに違いない。

「よきライバルは、よき友である」という。

二人は剣道を通して誘いのあった鹿児島の同じ高校へ進学した。そこでもきっと、互いに「負けてはならぬ」と競い合ったに違いない。

高校を卒業後たびたび会う機会のあった雄一に、私はあの時の胸の内を聞いてみたことがある。

「そりゃ悔しかったですよ。正一には負けたくなかったのでしょうね」

と、雄一は素直に振り返って語った。

ここまで勝ち上がってくれば、実力は同じ。「勝敗は時の運」ともいう。やはり二人は良きライバルであり、伸びるべくして伸びた友であったといえそうである。また君たちが六十代七十代になれば、勝者も敗者もないそれこそ懐かしい青春の思い出となる友であるに違いない。

人間の十代、体格もぐんぐん伸びる年頃である。またそれに伴って技術面も精神面もしかりである。わが国もだが世界にも「鉄は熱いうちに打て」という諺がある。よって涵養が必要なのである。

三年生になって直広の身長もグンと伸びていた。入学した頃のようなよたよたとした足取りは、完璧とは言えないにしても、たゆまぬ稽古のせいかすこぶるしっかりとした歩き方になっている。その証しには、着装した防具の重みに耐えかねて蹲踞《そんきょ》した姿勢がくずれることもなくなったし、また、いなされても突き飛ばされても容易には倒れなくなっている。

私は下校の途次、それも直広と二人のとき、

「直広、稽古はきついか」

と、また訊ねてみた。すると直広は、何食わぬ顔で、

「きついよ」

と言った。

きついのが当たり前、稽古を積んでいくうちに、そのきつさが快いきつさに変わり稽古がたのしみになる。

「そうか、やはりきついか」

「おれの手足は、なんで人とおんなじように動かんのかなぁ——自分じゃ分かっているんですよ。じゃっどん、分かっていても時々自分に腹が立つんですよ」

「……」

「稽古はきついけど、今は楽しいよ。○○くんもよくしてくれるしね」

「そうか、たのしいか。たのしければいいな」

直広と私はそんな語らいをしながら帰路の歩をきざんだ。

（確かこの辺りだったよな）

私はそう思いながらゆっくり、ゆっくりと辺りを確かめながら運転をした。

（変化の激しい今の時代、ここらがちょっとした場所なら、私にとってこんな懐かしい風景などとっくの昔になくなっているだろうに……）

と、そんなことどもを考えながらハンドルをにぎっていた。

道路脇にぽつんぽつんと並び建つ家は、五十年前そのままに、まるで場景が夢のように去来する。

（あ、ここだ。間違いなくこの辺りだった）

私は車を止めて、車外に降り立った。

（しかし、ここには確か、家が一軒あったはず……。この家は新しいが建て替えたのかな？）

そう思いながら目を遊ばせる田園の風景は、あの日のように、私のすぐそばで弱々しく見えて芯の強い八重尾直広と話しているようである。

私はそんな心の錯覚の中で、これまで覚えたことのない大事なことに気付いたのである。

それは、あの日日の剣道部を牽引していた主役は、誰でもない、まさしく直広のやさしさとあの粘り強い不屈の精神ではなかったのか——と。

振り返るはるか右手遠方には、二階建ての鉄筋の校舎が見える。

校舎は薄墨色にかげりだした梅雨空の下で、なにも語らず、ただ静かに堂々と聳えていた。

8. つゆ空の下で

雨のあいまを見計らい、松本豊三郎先生の墓参りをした。墓地までは車で三分。お参りするたびに石塔に刻まれた文字を再読するのだが、これがまたいかにも先生らしく稽古をつけてもらった日々が懐かしくしみじみとして偲ばれる。

生前の先生は、信義や礼節を重んじられ、かくしゃくとして、いつも下駄ばきでどことなく古武士を思わせるような人だった。そして、自分はいつも青年のような気分で、その内面は若々しく、また思慮深く、行動は老若を混ぜ合わせたように柔軟性豊かでもあった。そうした先生の人柄は、私たち剣道仲間にまとまりと活気を生み出し、先生の立ち振る舞いや気の配りようは、その全てにおいて学ぶことが多かった。

例えばその一例をあげると、先生は車の運転をされなかったので、稽古の往き帰りは私が送迎をした。ある日「先生、先に車に乗っていてください」と言って、私はいっときばかり

熊本県人吉市遠征のとき。前列左から２番目が松本先生
【前列】薬丸、松本、岩切、吉田
【後列】左近允、厚地、鈴木、鶴崎

車を離れたことがある。そのとき先生はなにげない素振りで「ああ」と返事はされたのだが、そこら辺りに目を遊ばせながら車の外で私の帰りを待っておられた。私より先に車に乗ろうとされない。つまり礼儀正しいのである。要するに諸事がそうであった。

また先生は、私の六段審査をわざわざ京都まで見に来られたこともある。残念ながらその時は、結果は不合格だったが、結果についてどうのこうのと評価めいたことは一言もおっしゃらない、男らしいのである。ただその後、かかり稽古の中身がかわった。

先生へのかかり稽古は半端じゃなかった。体の中の個体が融解して液体となり、その液体が沸騰するまでつづけられた。体はもとより目までも汗をかくような激しい稽古。挙げ句には腕や手首足腰からも力が抜け落ちるまでつづけられ、しまいには私の思考は飛び、ただ物事をなしとげようとする心の働きだけが自分の体を支えていた。

昭和六十二（一九八七）年、私は日本武道館の審査会場に立った。心ははやることもなく

静かである。むしろ前回のように心が揺れるようなこともなく、

（さあ、かかってこい）

と、対戦相手を前に立ちはだかるような自信に満ちていた。

人は事にあたってよく平常心を説く。しかし私のようにおっちょこちょいで不器用な者にはまことにむつかしいことである。それこそ脇目もふらず黙々と遮二無二稽古するしかなかった。一意専心稽古することによって自ずと気合いも鋭さを増し、ひいては無声の気合いもうまれる。

先生にしごかれるうちに、私の技量も知らず知らず向上していたのであろう。対戦相手に向かい合ったそのとき私を射すくめんとする気合いが発せられた。が、鍛えられた私の心はいささかも動じない。私は、ジリッと間合いをつめた。動中静あり、静の中にも動あり、相手の肺腑を突き刺すような気合いがほとばしった。

「キェーッ」

一瞬、対戦相手は驚き、懼《おそ》れ、魂が手元から離れた。私にはそう見えた。先生に鍛えられた私の心と体は、その機会をのがすはずがない。ツツッと打ち間に入ると床を蹴って面に乗っていた。

剣道では、驚・懼《く》・疑・惑の四つを四戒（または四病）と称して修行上もっとも心すべき

ものとしている。すべての敗因はこの四つから生まれているという剣道大家もいる。

六段に昇段後、稽古はなおもつづいた。そして平成七（一九九五）年、念願かなって七段に昇段した。この時は何かしらだらしないものが身を包み、審査の順番を待つ間、いつの間にか眠ってしまったのである。

「はっ」と目が覚めた。覚めてみればもうすぐ私の番。私はあわてた。あわてたはずみに心が目覚め、無心になっていたのである。

相手の気合いは鋭い。だが私は、もうそれにまさる気合いを自分のものにしていた。私はみなぎる胆力で無声の気合い、ツツゥと打ち間にはいる。相手の呼吸がピクリと動く。とその瞬間、私は面に乗った。

審査を見ていた先生は、相手の戦意を震えあがらせるようないい気合いだったとはじめて評価してくださった。今もあの時の先生の笑顔が子どものようで、瞼にうかぶ。

剣道をこよなく愛した松本先生。先生の墓碑には、その表に「剣禅一如」と大きく刻まれ、裏には、

剣は心なり

心正しからざれば

剣正しからず
剣を学ばんと欲すれば
先ず心より学ぶべし

と刻まれている。中里介山の小説『大菩薩峠』での島田虎之助の科白《せりふ》である。生前の先生は、この科白を愛してやまなかった。

拝むつゆ空の下、墓碑は、

（なぁ、すずきさんよ。この町に私のような剣道バカが一人ぐらいいたって誰も笑いもしまいって……。なぁ、すずきさん）

と、静かに語り掛けているようである。降りみ降らずみ、また雨がポツリ、ポツリと落ちはじめた。

9. 晩秋の空

私はいま、二階の病棟にいる。

十四年前、脳出血で倒れて以来、右半身にいまも麻痺が残り、そこに追い打ちをかけるように今度の病気。腰椎椎間板ヘルニアである。

「ああ、また入院か……」

どうしてこんな病気になったのか分からないが、人は寄る年波には勝てぬという。私はいままで、自分が年取ったなどとはことさら考えもしなかったし、リハビリに懸命だった。しかしこうなってみれば、年も七十五。妻は七十六歳。それも「後期」と名のつく高齢者ということだ。今度ばかりはお互い年を取ったもんだと少しばかりギクリとした。

「いっそこの際、子ども夫婦を志布志に帰そうか」

と、私が言うと、

「そうしたいけど、道大の仕事はどうなりますの」

と、妻が言う。

「――そう簡単にはいかないわ。たとえ帰ってこれたとしても、仕事柄また転勤があるでしょう」

「うーん、そうか、そうだよね」

「今の時代、子どもは当てにできないわよ」

「年を取るってこんなことかねぇ。――寂しい時代だね」

「……」

「まあ、とにかく早くよくなって、ぼちぼちともう一息がんばるか。そのほうが体にもいいだろう」

「そうよ、ナスやキュウリなどを作って、これからはのんびりと……ね、お父さん」

そう言う妻の顔を、私は偸《ぬす》み視《み》るように顔を上げた。すると、妻は「ね、お父さん」とまた言って、いたずらっぽく微笑んだ。

妻から眼をそらして、空を見上げた。

空は一片の雲もなく、ただ青く、晩秋の香りがひろがっていた。

10. 空飛ぶ珈琲カップ

今の時代、珈琲は大衆の嗜好品である。そうかといって昭和初期生まれの私などは、生まれた時期が物資の少ない戦中ということもあってか、やや大人になって味わう珈琲の味覚もいい加減なもので、つい先ごろまでは匙で三つも四つも砂糖を入れて、べとつくような甘味の珈琲を飲んでいた。そして、その味はどうかというと、まるで缶ジュースの甘さにさらに砂糖をつけたした味のする飲み物であった。ところが最近になって突然、あることをきっかけに私の珈琲に対する味覚に変化が生じたのである。

数日前、特別用事もないのに近くにあるスーパーマーケットにふらりと立ち寄ってみた。そしてそこで何を買うという気持ちはなしにあれこれと物色していると、

「おお、すずきさん。また珍しいところで出会ったな。一人な?」

と、厚地さんに声を掛けられた。それがちょうど昼前で、聞くと厚地さんも連れもなくい

ま一人だと言う。詰まる所「それなら……」と気の合う同士、近くの喫茶店でちょっとお茶でもしようかとお互いに誘い合ったのである。

「長いこと会わなかったな」

と、厚地さんは椅子に腰を下ろしながら言った。

私は（おやっ）と思った。この前私の家の前で会ったばかりなのに、それを忘れているわけでもあるまいが……、腰を下ろすなりさも懐かしがるように「元気じゃったな」と言ったから、私はびっくりした。考えると、厚地さんは人の思いもつかない面白いことをたまに言うことがある。長く付き合っておれば分かるのであるが、そんなときの厚地さんは機嫌のよいときである。厚地さんが「長いこと……」と言ったのは、私が病魔に侵されていらい近ごろこうしてゆっくりと話す機会がないということだろうと私なりに解釈したのである。

「その後、体の具合はどんなふうな？」

私が厚地さんの兄さんと同じ病気であるものだから、私の体のことを気にかけていてくれるのだろう。

「うーん、見てのとおり相も変わらずじゃ。もうこの病気とは一生付き合わんといかんのかもしれん。病気のほうがますます私を好きになって離れてくれんが。もうあきらめの境地だな」

「去年からすると少しはよくなっているのじゃろうが、どげんな?」

と言いながら、近ごろ厚地さんも膝関節に水がたまるらしく、ここひと月ばかり剣道の稽古を休んでいるという。

まだ客の少ない店内、厚地さんはお冷を持ってきたメードさんにケーキと珈琲をたのんだ。厚地さんはどちらかと言えば甘党である。私はというと両刀使いだったが、いまは大好きな酒類を大幅に控えた両刀使いである。

「ところで鶴崎さんどうしている、稽古しているの? 長いこと会わないけど」

「やっているよ。いま月曜日と金曜日だけの週二回ほどだけな」

「もうそれくらいの稽古でいいんじゃないの。これからはどんなに稽古してももう伸び率はほんのわずか。七段も取ったことだし、これからは剣道をたのしみながら、そして何より元気がいちばん。私みたいに体を悪くすれば竹刀も握れんようになるしね。これからは年齢や体ともよく相談をしながら稽古すればいい。私のように竹刀も握れんようになると、そりゃあ言葉にできないくらい哀しいものだよ。剣道も長くたのしまなくちゃね」

私の場合がそうである。七段昇段後すぐ倒れた。加熱した稽古量と酒の飲みすぎだったと十九年も経ったいま、猛反省の自己診断をしているところである。まさに「後悔先に立たず」である。

「鶴崎さんもそげなんことを言うちょった。だから近ごろ稽古量も減らしたんじゃないのかな。お互い年を取ったということかね」

と言いながら、厚地さんはメードの持ってきた珈琲をやおら口元へはこんだ。厚地さんが椅子にもたれ、膝を組み、ゆったりとしたしぐさはなんとも様になる。

（やはりホテル経営の社長さんだ）

と、そう思いながら、私も珈琲カップへ手が伸びた。

「あっ！」

ほんの一瞬、無意識だった。カップをつかんだ手は右手。もう右手は、私がどんなにカップを放そうとしても接着剤ででもくっ付けたように容易には離れない。離すどころかそれこそ脳は、私の意思などまったく無視して珈琲カップを口元へ運ばず目の高さを超えてだんだん上にあげていくように指令をだしているのである。

私の真向かいに座っている厚地さん。厚地さんは、はじめ私が乾杯でもしているのかと思ったらしい。自分もカップをかざそうとして目の高さまで上げようとした、が、

「どうした……？」

と、すぐに私の異変に気付いた。

私の右腕は、ひじがぐっと上に伸び、つっぱったまま。気持ちがカップをもった指先まで

伝わらない。脳はもっとカップを高く上に移動するように指示を出しているのであろう。これはいったいどうしたことだ、脳と精神のアンバランスではないか。と、そんなことを考える余裕などはない。

（おっ、おおおっ、だれかこの手をとめてくれ。はやく早く……！）

もがくが言葉にならない。脳出血という病気、出血場所によってはそんな後遺症もあるという。どうにもならない、どうにもできないのである。

（ああもう駄目だ。カップを落とす）

私は意識の中で弱音がよぎった。

珈琲カップは頭上に高々と上がったまま、気持ちはカップを落とすまいとして移動をはじめる。それにつれて私の姿勢も中腰から浮き腰へと右回りに流動しはじめる。あろうことか、私は喫茶店のなかで珈琲をこぼすまいと傍若無人のふるまい。人が見ていたらなんと思っただろう。踊りをおどっているとおもったかも知れない。踊りは、身体が半回転したところでうそのようにピタリと治まった。

（ああ珈琲をこぼさずにすんだ。よかった、治まってよかった）

と思いながら、振り返ると、厚地さんは珈琲カップを両手に抱いてキョトンと私を見上げている。そして私がようやく腰を下ろすと、

「どげんしたとな?」

事態がつかめず、椅子から体をのりだして言った。

「見てのとおりじゃ、肩から指先まで右手がつってな……」

「なんて、手がつった?」

「こんなにひどいのは、これで三度目じゃ」

「俺はまた、なにしているんだろうかと思った。脳出血の後遺症だって! すごいなぁ」

厚地さんは目をまんまるくして噛みしめるように驚いた。

一滴の珈琲もこぼさず奇跡的な生還をとげた珈琲カップ。私は椅子に座りなおすと、何事もなかったようにカップを左手にもちかえて口元へはこんだ。そして、飲んだ。

「わーっ、苦い」

私の感情はまだ高ぶっているらしい。砂糖を入れ忘れていたのである。でも砂糖を入れない珈琲はいつになく香ばしい香りがして、軽やかなさっぱりとした苦味がある。私はまた、少し口にふくんでみた。今度は落ち着くような幸せな苦味が口いっぱいにひろがった。

(あ、この苦味! 何とも言えぬ珈琲という味がする)

厚地さんは、私のことを心配していた。

「いや、もうどうもないから心配いらんよ。それにしても厚地さんよ、この店の珈琲はおいしいねぇ」

と言って、私は珈琲カップを両手でつつみ、座りなおしてゆっくり目をつむり、そして深々と深呼吸をした。

(ああ、なんて幸せな気分だろう)

少し疲れたのか、私は不思議な感慨につつまれていた。

11. 小さなたのしみ

前ぶれもなく半袖シャツでは肌寒さをおぼえる朝だった。食事の支度をしていた妻がしみじみと、

「もう秋ね。京都にゆきたくなるわね」

と言った。私は「はっ」とした。

妻はこれまで私にあれこれと気遣ってか、自分から京都の話など一度も切り出したことはなかった。

「そうだな、行ってみたいね。――行こうか」

私が会話の調子を合わせてだしぬけに言うと、

「えっ、ほんと？　大丈夫なの？　ほんとうに行けるの？」

「うん、何とかね」

「何とかじゃだめよ、絶対大丈夫でなければ私が困るわ。心配するし。もう私、若くはないのだからね」

妻は京都の大のファンなのである。それも京都だけは私と一緒でなければ駄目だ、意味がないと言うのだ。

思えば私が二十四歳のときだった。それも暑い夏のさかりで、妻と私は古都京都の駅に降り立った。

はじめての京都。若さゆえ見知らぬ街にも言葉にもなんの不安もなかった。むしろ小躍りでもしそうなそんな弾む気分だった。そうかと言っていまの私の記憶には京都のどこをどうめぐり、どう歩いたのか何一つ残っていないのである。ただ想像していたよりも静かな京都の夜に大文字送り火に出会えたことは、いまそれを思い出すと、京都の夜が幻想的でロマンを帯びて甦ってくる。

月日の流れほど早いものはない。結婚してあの時から瞬く間に二十年がすぎていった。

妻は、子どもたちにも手が掛からなくなり落ち着くと、

「お父さん、京都に行こうよ。私、もう一度京都に行ってみたいわ。帰りに大阪のおばさんところにも寄ってみたいし、ね、行こう」

と、四十過ぎた大の大人がまるで子どものように言いはじめたのである。

秋の京都。妻と私の足の向くところは清水寺、嵐山、嵯峨野といった京都観光の定番。一所ひとところ思い出しながら歩いたこの時の二尊院の紅葉は、楓の葉がみごとに色づき目に痛いほど眩しくあざやかであったことを思い出す。

私もそうだったが、妻は秋の京都にすっかり魅了されていた。名残惜しい余韻を残して帰るバスの中、

「来年もまた来ようね。ね」

混み合う乗客をはばかるように、妻はそっと耳元で、しかも力強く念を押すようにささやいた。それからだった、妻と私が毎年秋になると京都をおとずれるようになったのは。そして、そのぶん妻は、秋の京都が好きになり、その度になにか大事なものでも見るように味わい方にも奥が深くなっていったようである。

たとえば、秋の木々でこんもりと彩られたもの静かな安楽寺とか、また源光庵のように居住まいを正さなければ味わえないもみじ、といったような落ち着きのある紅葉を愛でるようになったことである。そう、妻が風雅の趣に気付きはじめたそんなころである、私は倒れた。脳内出血である。

脳内出血は私から記憶を奪い、半身を麻痺させ、それでも足りず言葉までも不自由にした。私に、医者の予想もしない奇跡的な快復が見えはじめたのは、あの日から十六年も経ってか

らである。

「お前が言うようにやっぱり用心に越したことはないだろうから、今年までは我慢したほうがいいかもね」

はやる気持ちをおさえて私が言えば、

「そうね、そのほうがいいかもね。自分が十分納得した体調でないと京都の風趣などは味わえないもの。お父さんがそう思うのだったらそうしたほうがいいわ。いまはお父さんの健康次第よ」

並ぶ食卓の上にもそっと秋の気配がしのびよる。

「おっ、これ生の秋刀魚じゃないか。どこの店で買ったんだ」

「きのうちょっと駅前のスーパーに寄ってみたの、そしたらあったのよ」

おお、私たちの大好きな秋刀魚。秋刀魚の季節がやってきた。今朝の秋刀魚はまだ脂も少なく苦味もうすいが、これから日ごとに秋も深まればいっそう苦味も増すだろう。今は、これもまた二人の小さなたのしみなのである。

12. 柿の種

近ごろ私は、よく歌を歌いにゆく。そこはスナックバーではない。カラオケ喫茶といったような店である。店内には一人の従業員もいず、年でいえば六十そこそこで、さも人のよさそうな体格のいいマスターが一人で営業している。出されるものといえば焼酎なら一合。ビールなら三百五十ミリリットル入りの缶一つ、と制限がある。だから若い人や酒好きの人が集まるような店でもない。それにちょっとした果物やスナック菓子なども出されるのだが、この前などめずらしくおつまみに蒸かし芋などが出されて、戦後のあの食糧難のころを思い出し懐かしく頬張った。

営業時間は午後六時から十二時まで。歌う時間さえあれば何曲歌ってもかまわない。もちろん客入りの少ない時もあれば、多い時もありさまざまである。私の場合どちらであってもかまわないのだが四、五曲も歌えばもうそれで十分なのである。それ以上はたくさん歌おうと思っても息があがり歌えない。これで料金は千円也。どうこの料金、高い？　それとも安い？

ところで、私がこの店に週一回歌いに行くようになったのにはちょっとした訳がある。私は十八年も前、脳内出血で倒れた。五日間も昏睡状態がつづいたらしく、気が付けばベッドの上だった。

気が付けばといっても、意識はもうろうとして、

（ここはどこだ？　わが家ではない。私はいったいどうしたんだ……）

目が覚めた時、集中治療室のベッドに寝ていることすらも区別がつかないし、右半身が麻痺していることにも気付かない。

それればかりではない。一年がすぎ、二年経ち、そして三年、四年と時間が経つにつれて訳の分からぬ恐怖心に見舞われ、しかも思うように口がきけないことにも気付くと、私は内面に亀裂でも入ったかのように悶々とした日々を送るようになった。

そして、十数年もの歳月が流れていった。

歳月はやっと私に人との会話をゆるしてくれた。しかし、しゃべるにも滑らかさを欠き、依然として思うようにはしゃべれない。人との交わりも自然と遠のいて行く。そんな私を見て、友人が、

「カラオケがいいという人もいるよ。カラオケに行ってみれば」

と教えてくれた。とにかく人がそう教えてくれるからためしてみようと思った。それからである、もうかれこれ二年経つ。

病気による記憶力の低下は、医者がいうように自分でもよく分かる。カラオケに行く前日などは、歌いたい曲目を小さなノートに書き留めておくようにしているのだが、これもまた、右半身の不自由な私には時間のかかる大仕事。つまりリハビリなのである。

私はカラオケに行く時間を七時から十時までと決めている。時にはびっくりするほど上手な人もやってくるけれども、だいたいが似たりよったりでどんぐりの背比べ。私のように思うようにしゃべれない人もいれば、独り身になって寂しさまぎらわしの人もやってくる。みんなそれぞれ事情をもちながら、今夜も交々にそれぞれの歌が流れる。

私はこのごろ、私の病が不治の病ではないかと思いながらも、

(全快まで、もう一息だ)

と、当てにならない希望のような、いや、願いのようなものを持っている。そんな私の下手な歌がなんとなく熱を帯びてくると、今夜も万雷の拍手……!? いやぁ、この恥ずかしさにももう慣れてしまった。それにしても一日の疲れをいやす素朴で飾り気のない客ばかりで、そんな客でくすんだ泥臭い店のにおいが、今はたまらなく好きになってしまった。

帰り道、私はお店のお皿から掴んできた突き出しの柿の種とピーナツを、大きく開いた口の中へほうりこんだ。二つを一緒に口の中にほうりこむとガリガリ、ポリポリとくだける音が荒々しいが、いつの間にかこの味にも馴染んで、いまは柿の種がうまいと思うようになっている。

13. 紫陽花

何となくうっとうしい目覚めの気分を感じながら、寝間の障子を開け、縁側に出てカーテンを開けた。

（あれっ、ガラスが曇っている。雨かな？）

水滴が垂れるほどに曇ったガラス戸を手早く手で拭いて、そこから庭の様子を垣間見た。時間的に早いのか、外はうすぼんやりとしている。よく見えない。雨が降っているようでもあり、降っていないようでもある。私は確かめようと思い、ガラス戸の施錠を解いてガラス戸を開けた。

部屋の温もりを背にした私は、流れ込んできた外気にいささかの肌寒さを感じながら、軒下から張り出した庇の向こうの畑地に目を遊ばせた。

はっきりとはしないが雨は降ってないようである。やはり雨雲が重く垂れ下がったように

どんよりとしているだけのようだ。と、

（おやっ、あれはなんだ……？）

明けきらぬ向こうの広い畑地の一画に、ぼんやりと、それも取り残されたように不自然に小さく盛り上がったところがある。

（そういえば、あれは確か……）

いままでもうろうとしていた私の頭の中が、冬眠をしていた虫のようにもそもそと、そしてゆっくりと動き出した。

あの盛り上がったところは、造園には何の心得もない私が、退職後の手慰みにと盛った土の跡ではないのか――そうだ、それに間違いない、と思った。

もう二十年近くにもなるだろうか、あの時、「さて、まずこの辺りに……」と、それこそこれまでの仕事の多忙さからやっと解放された私が、退職後のちょっとした寂しさまぎらわしのために、のんびりと手掛けた庭造りだった。その矢先、私は倒れた。脳内出血であった。

脳内出血は、出血の場所によってはその場で一命を落とすこともある恐ろしい病気である。幸いにして私の場合は一命だけは取り留めたが、この病気特有の半身の軽い麻痺と言語の障害が残り、かてて加えてこれまでの記憶も何もかも一切をなくしていた。

以来私は、ものごとを思考する力を失い、ただ漫然として過ごす空しい時間だけが日々の私の生活を支配した。そうした中で、いま何の気なしに目にした夜明けの庭先である。時間が経つにつれ、はっきりと見えてきた庭の遠方。手付かずのまま草むして小さく盛り上がった土。

――しばらくして、

（私はあそこに築山を造ろうとしていたのだ……）

と、その時まで止まっていた長い長い時間が、突然、目覚まし時計の針のようにコチコチコチと動き出した。それにしても私は、どうしていままで、あの盛り上がった形をした土を不思議とも何とも思わなかったのだろうか。これもきっと病魔のせいに違いない。

私はそう気付くと、気忙しく作業服に身をつつんだ。

そして、玄関に出て雨靴を履き、それに鍬などいっさいの用具を持って夜明けの庭先に下り立った。まだ十分でない身体とはいえ、久しく踏む畑の土の感触は、いかにも何か新鮮で、いままで味わったことのない胸の空くようなすがすがしさを覚える。

一打ち、二打ち――雨靴を通して大地の息吹が伝わってくる。そして三打ち。完成はいつになるかも分からないが、それでも鍬持つ手に回復の兆しを感じながら、土打つ身体に壮快な歓びを見つけた。

煙るように雨が降り出した。入梅ももうすぐそこに来ている。

庭先に咲く紫陽花には、雨がよく似合う。似合うけれども、明日はどうか晴れますように。

14. 昭和は遠くになりにけり

（捨ててはいない、どこかにまぎれているはずだ）

と思い、取り散らした机の上や引き出し、本の間などを整理していたら見つかった。探し物というのは、ずっと昔、斜め向かいに住んでいた理髪店の次男坊ターちゃんからもらった手紙である。それこそ思いがけない人からの六十余年ぶりの便りであった。私は懐かしさのあまり読むと直ぐに返事を書いた。その時に返信した内容がまだパソコンに残っていたかも知れないと思って検索もしてみたところ、これも残っていた。

私たちが少年の頃のターちゃんの家族は、お父さん、お母さん、それに兄妹四人の計六人家族であった。お父さんは確か病に倒れ床にふせっていらした記憶があり、早世されたのではなかったのかな？　お父さんが仕事をされている姿は、ほんのおぼろげに浮かぶけれども、お顔は思い出せないほど記憶がうすい。その点、お母さんは丸顔の小柄な女性で、いつもモンペ姿でお店の横の戸口から出入りされていたという記憶がある。

兄妹は上からテルちゃん、ターちゃん、ミッちゃんと男ばかりが続き、その下に、名前は忘れたがかわいい女の子がいた。兄妹みんな元気だろうと思うのだが六十数年も前に福岡に引っ越され、以来会うことはなかった。だから今、道端でバッタリ出会ったとしても、どの兄妹もお互いに分からないだろうと思うのである。

この前電話をくれたのは三番目のミッちゃん。ミッちゃんは私と同じ生まれ年だが、早生まれのため、学年は一級下だった。だから一緒に遊びそうなものだが、ミッちゃんは私どものようにわぁわぁさわいで遊ぶほうではなかった。ただミッちゃんは、大人が舌を巻くほど将棋が強かったことはよく覚えている。

長男のテルちゃんはお父さんの跡を受け継いで床屋さんとして家業に従事しておられた。穏やかな人だったのだろう、それこそ私のようなちょこちょこと忙しなく動き回るガキが、お店の中を毎日遊び場のようにしていても怒られたという記憶がただの一度もないのである。むしろ私の両親の方が、

「セイミツ、子どもがそんなに毎日毎日、店先に行ってうろちょろとして遊んではいかん。テルちゃんの仕事のじゃまになる」

と言って気をもんだものだが、それでも私は、こりもせず毎日店に遊びに行った。私をひ

きつけたものは何だったのだろうといま考えてみるのだが――長男のテルちゃんが飼っていた小鳥かな？　それとも単なる子どもの気まぐれだったのだろうか。とにかく毎日遊びに行った。

小鳥といえば店の中にはテルちゃん自慢のはなしが飼ってあった。ここ志布志では「めじろ」のことを「はなし」というが、テルちゃんの飼っているはなしはおしゃれで、人間でいえば背筋がぴんと伸びた品位のある恰好のよい人で、おまけに胸からお腹にかけて気品のよさを思わせるような金色の筋が入った見事な小鳥であった。

一家が引っ越されたのは、私が小学何年生のときだったのか。その時私は、子どもながらに心に穴が開いたように寂しかったことを思い出す。

ところで、ターちゃんへの返信は次のような内容である。

＊＊＊

ターちゃん、お手紙ありがとう。ほんとうにびっくりしましたよ。

昨年でしたか、いやもっと前だったかな？　年を取るとよく物忘れをするものですから……。ミッちゃんからもお電話をいただいておりました。ちょうどその折は、たまたま私が留守をしておりまして妻が応対をしたそうですが、私、ミッちゃんと話す機会を失いまして ミッちゃんの声も聞かずじまいでした。

私退職をするとすぐ、その年の八月に脳内出血で倒れまして、半身が思うように動かなくなりました。倒れる直前までの私は、柔道に剣道にと子どものように動き回り、病気とは無関係なほどの元気さぶり。倒れてみてはじめて健康のありがたさが身に沁みます。何もしないでいるとだんだん気分も暗くなります。これではいけないと思いました。そうかといって動き回ることも出来ない。自分の右手が、右足が恨めしくさえ思えました。そうこうしているうちに何となく手にしたのが鉛筆でした。

何かを書くというのではありません。はじめのうちは文字による指の機能回復訓練のつもりでした。つまり自己流のリハビリといったところでしょうか。訓練をするうちに、それが原稿用紙五百枚以上にもなっていたのです。

何処もかしこもミミズのはったような文字。私にも自分の書いた文字が読めないのです。何を書いたのか読み返してみるのに、また一苦労。退職後の私は言葉にもできないようなさんざんな有り様でした。

倒れて十九年経った今は、書いた文字も何とか読めます。が、書くのにものすごく時間がかかります。読める文字を原稿用紙一枚書くのに二時間三時間はかかります。疲れます。人並みではありません。難儀をします。速記などとてもできません。

そこで、七十六歳の手習いを始めました。

パソコンです。三年目になります。パソコンなら左手でも出来ると思って習い始めたのです。

習い始めたのは立派な心掛けでいいことなのですが、これがまた、私にはむつかしい。病身に、また老体に鞭打って努力しておりますが、なかなか上達しません。習ったことをすぐ忘れるのです。しかし私の場合、習うということが「生」へのこだわりなのかもしれません。まあ私の近況は、そういったところです。

年のせいでしょうか。このごろわが家の木戸に出て、何とはなしに昭和通りを眺める日々が多くなりました。

お手紙をいただいて、改めて通りを眺めますと、ターちゃんのお家と庭だけが子どもの頃の昭和通りを思い出させます。他はことごとくその姿を変えて家並みが乱立？　しております。

通りを挟んでターちゃんのお家の前が光畑さんのお家でしたね。光畑さんの左お隣が川崎食堂、野辺病院、精華堂百貨店……とつづきましたね。

川崎食堂は、戦時中空襲で逃げ込んだ記憶があります。また野辺病院では足をけがして、

昭和25（1950）年ごろの昭和通り
右手前が吉永理髪店、ターちゃんのお家である。お隣「カクイわた」の看板のお家が吉原呉服店。そして、その向こう隣、空き地のような所が郵便局だったが、郵便局は現在の所（駅通り）に移転した。道路をはさみ、ちょうど郵便局の真向かいに私の家がある。
左端の自転車の少年が私。私がちょうど自宅から自転車をこぎ出したところである。誰が写したのか、私の家族ではないはず。私の手元にあったので懐かしさのあまり掲載をした。ほんとうに懐かしい一枚である。

治療に長いこと通いました。

　ターちゃんのお家の右隣りは吉原呉服店、郵便局、原金物店倉庫、田中履物店とつづき、写真には写っていませんが、左隣りが背戸合いになっていて林ミシン店、宗像木工所、発電所、石原石切屋、そして千石旅館と続きましたね。こうした記憶も、今は八十歳の懐古になってしまいました。

　現代は、昔と違って、移り変わりの激しい時代です。とくに昨今の変化は目まぐるしく、昨日あったことが今日はもう昔日の感さえあり、老いたこの頃では取り残されたような心持ちになってしまいます。愚作、『戻ってみたいもう一度』を書いたのも私の中にそうした寂しさと恋しさがあったのかもしれません。とにかく私どもには残り少ない人生、なんらかの形で謳歌しましょう。

もし志布志に来られるようなことがありましたら、必ず私の家にもお顔を見せてください。きっと、必ず、待っておりますから。

テルちゃん、ミッちゃんにもどうか宜しくとお伝えください。

なおミッちゃんには、「お電話ありがとうございました」とお伝えください。とてもうれしいでしたと――。

鈴木　成光

吉永　忠　様

＊＊＊

まことに要を得ない返信である。

しかしターちゃんからの手紙自体が夢のようであり、また不思議な悦びであり、不思議な懐かしさを覚えさせてくれたのです。

私はターちゃんからの便りを読み返し、今日も訳もなく何かに引かれるようにふらりと戸外の通りに出てみた。

眺めやる昭和通りは五百メートルばかりの直線である。ついこの前まではこの町の商店街といったところで、町のメインといった通りであった。

それが今は、どうだろう。あのにぎにぎしいまでに賑わった街中も一変し、歩く人影は一人として見当たらない。人気のなくなった昭和通りは、閑散としてなんとも寂しい。加えて、なんの感情ももたない現代の利機、車だけがサァッと通り過ぎてゆく。

（ああ、栄枯盛衰は世の習い。昭和は遠くなりにけり——か）

と、私の心が寂しげに呟いた。

15. 智観おばちゃんと焼酎

「一杯は人酒を飲む、二杯は酒酒を飲む、三杯は酒人を飲む」と、古人は言う。

夕食前に飲む一杯の酒のおいしいこと、なんともたとえようのないおいしさである。と言ってもアルコールであれば何でもよいというわけではない。とくに私の場合、いまは焼酎だけしか飲まないが、この頃は銘柄にもこだわりがある。

昔と違って近頃は、ちょっとした大きな酒店に入れば清酒から焼酎、ビール、ウイスキー、ぶどう酒、リキュールなどといったもののほかにも、聞き慣れぬ外国産のものまでもさまざまに並べてあるのだが、いま求めようとする銘柄の商品がそこになければすぐにでも取り寄せてもらえる。しかしそれも待てない、どうしても今ほしいというのであれば、ひと足延ばして他の大きな酒店をまわってみれば好みの酒が必ずあるものである。

ところで先日、鹿児島にいる二番目の娘から「父の日」にといって贈り物が届いた。そして、その贈り物のケースの大きさに、私は驚いた。

「麻里が、俺宛てに、何だろう? こんな大きい箱……」

私は妻にそんなことを言って不思議がりながら、運送屋さんが持ってきた伝票を見ると商品名が焼酎とある。ケースに印刷された文字もみた。これにも黒々とした文字で「本格焼酎喜六」と印刷してある。

(おおっ、喜六じゃないか)

私は予想もしない贈り物に、それもケースには一升びんが何本も入っているのだろうと思われるまたその大きさに驚いた。

この「喜六」という名の焼酎は、昨年の夏、次女の麻里がお中元にといってわざわざ持ってきたことのあるもので、その折は四合入りの洒落た形をした小さなビンに入っているものだった。そしてその折、私が「この焼酎はうまいなぁ」といって飲んだもんだから、麻里はそれをおぼえていたらしく送ってくれたに違いない。そうかといって送ってくれた焼酎をすぐに私が飲むわけではない。送ってきた焼酎はまず、焼酎がことのほか好きだった母にと思い、お盆明けまで仏壇へ供えた。

お盆も過ぎた。供えてあった「喜六」を手元におろすと、今度は娑婆に住む私がいただく番である。おいしそうだ。しゃれた焼酎びんの封を切り、とくとくとコップに注ぐと、いつものように熱湯を足して半々に割った。

（どれどれどんな味がするだろう）

以前にもまして期するものがある。しかし、まだ熱いのではないかと思いながらも、そっと口元を食卓の上のコップに近づけてみた。

（おっ、まだちょっと熱い）

コップからちょっと口元をひっこめたが、そこが飲兵衛のいやしさ。少し冷えるのが待ちきれず、また、

「チュルッ」

とすすってみる。やはり口にするにはまだ少し熱い。待ついっときの時間。手持ち無沙汰を感じる。――もういいだろうと思い、また口元をコップに近づける。そして、

「チュルチュルッ、――ああうまい！」

私はため息のような、いやいや悲鳴のような、と言ったほうがいいのかも知れない。そんな言葉が吹き零れた。それこそどこで造っている焼酎だろうと思い、製造者の住所をみると、宮崎県児湯郡高鍋町と印刷してある。道理でこの焼酎、ここ志布志の酒店では見たことがない。以来「喜六」は、母に似て焼酎好きの私をいっぺんにとりこにした。加えてこの時の私の表情は、満面は痺れたようであったのかも知れないが、そんな幸せそうな私を見ていた妻

が、

「その焼酎、そんなにおいしいの？　どれどれ私にもちょっと飲ませてごらんよ」

と言って、私のつくったお湯割りのコップ酒に手をのばした。

近ごろ妻は、ほんの少しではあるが焼酎を口にするようになった。しかしものの五勺（一合の半分）も飲めば多弁になり、一人静かに味わっている私に何か面白いことを語れと盛んにけしかけるのである。私も妻と一緒に飲むのはたのしいが、どうも話が通じなくなるのはおもしろくない。やはり焼酎は、年を重ねるに従い、それも秋の夜、冬の夜などは、

白玉の歯にしみとおる秋の夜は
酒はしずかに飲むべかりけり
（牧水）

の心境である。

妻は自分のおしゃべりが終わると、食卓の椅子に腰かけたままコクリコクリと舟をこぎだす。私に言わせれば、これは主婦の初歩的な飲み方で、布団も敷いてやらねばならないし、台所の後片付けもしなければならない。すると今までのおいしさが気分的に消えてしまう。

これはどうも厄介である。

男である私の場合である。昔はちょっとひどかったようである。「酒酒を飲む」ようであり、それも今思えば「酒人を飲む」の一歩手前だったような気もする。酒の飲みすぎである。

私が本格的に酒を飲みはじめたのは、五十代に入ったころからであるが、その酒と言ってもビールである。夏場のビールは誰でも経験があるようにことのほかおいしい。しかも剣道でびっしょりと汗を流した後の一杯は幸せなまでにおいしいものである。

ところが、酒は魔物、月日を重ねるうちに一杯が二杯、二杯が三杯と次第に酒量が増えていった。増えたと言っても私には剣道七段という目標がある。いいかげんの稽古ではない。このころの私には自制心があった。

目からも汗の噴き出す連日の稽古。そしてその疲れの心地好さ、と同時にビールがまた一段とおいしい、が一杯だけである。このころの私の体は輝いていたに違いない。暑さにも負けず、風邪も引いたことはなく健康そのものだった。

受審して昇段した。昇段すると気が緩んだのか、今まで節制していた酒量が増えた。

身長百六十九センチ、体重六十三キロが私の理想の体形である。だが、節制をなくしていた私の体形はみるみるうちに理想の体形をなくし、次第に太っていった。ちなみに自制をなくした私の体重は、七十六キロまでも増えていったのである。

そしてまた三、四年も経ったころだろうか。私は七段という段位に満足していたのか、していなかったのか、あるいは遊び心もあったのか、人知れず八段を受審しようと思うようになっていた。

しかし、酒量は変わらず、私はどっぷりと酒につかりながら、それこそ相受け入れないものが同居している世界がいた。

智観おばちゃん。あの日、私は智観おばちゃんに何をたずねるつもりで柏原まで行ったのだろう。懸命に思い出そうとするのだが老化したいまの私の頭ではどうしても思い出せない。その日も智観おばちゃんは、いつものように禅でも組んでおられるように両手を膝の上で仏様のように組んで、静かに対座して私を迎えてくださった。私はいつものように、あれこれと何か用件をたずねた。たずねる話も一段落すると、智観おばちゃんは雑談でもするように、

「ミツちゃんは酒を飲ンみゃっしかお?」

と、私にきかれた。私は素直に、

「はい、飲みますよ、好きですよ」

と返事した。

「なにを飲ンみゃっしか？　ビールな、焼酎な？」

「ほとんどビールですね」

「どっさい飲ンみゃっしか？」（たくさん飲まれますか？）

「そうですね、この頃はわりと飲む量が多くなりましたかね……」

このころの私は、剣道の稽古から戻りシャワーを浴びてゆっくりなるととたんにビールがほしくなった。それもいままでのように一本ではどうも落ち着きが悪いから、時折？……もう一本と量を重ねた。

「ああおいしい……」

夏ならまだしも、私は真冬でも冷たいビールに舌鼓を打つほど酒好きになっていた。

自分では気付かないが、七段に昇段して気も緩んだのであろう、酒量がちょっと増えたかなと自分自身で思えた。思えたぐらいの酒量ならまだいい、酒が魔法の水でもあるかのように知らず知らずのうちに飲む機会も増え、酒の量も増えていった。

知らず知らずというのはどんなことでも怖い、恐ろしい。私はもうおいしい酒を飲んでいるのではなかった。酒が酒を要求しているのである。ビールがおいしいと思えるのはグラスで一杯か二杯まで、三杯、四杯目となると酒による歓談の方が主体になり賑わってくる。これは酒の勢いというやつで、酒の場の賑わいはさらにすすみ、やがてみんな飲み足りて気分よく解散し家路につくのである。

そうしたことが好いとか悪いとかいうわけではない。それはそれで意味合いのあることで、私は今でもそう思っているのだが、つまり酒がことのほか好きで賑やか好きの私の場合、他の人と帰り道のそこからが違った。私は飲み足りないのである。

ちょっと余談めくが……。

私はネオンで明るい街なかを一人ほろ酔い気分でゆっくりと歩いて帰る。するとそのうち、わけもなくふと思い出すのである。

（そうだ、あそこなら飲める）

帰って飲めばいいものを、私はポケットに入っているなけなしの金銭と相談しながら暖簾をくぐった。この状態、まさに人が酒を飲んでいるとは言えない。もう酒が酒をほしがっているのである。

話の相手は飲み屋のおやじさん。おやじさんと言っても、彼は一学年先輩なだけで高校時代からの友人である。お互いいつもたわいない愚にもつかない話に花を咲かすのだが、何かにつけて気が合う仲なのである。

おやじさんは奥さんと別れて、いまは子連れの独身。なかなか話もおもしろいし頭脳明晰で歌もうまい、プロ級である。私にはいつも千円で、どんなに高くても千五百円以上とったことがない。懐の寂しいときは得てしておやじさんの店を思い出し、私の足が自然とそちらの方へ向くのである。

ある晩、私が店に入ると、おやじさんは一人何か考え事をしていたようである。お客さんはまだ誰もいない。私は、

（また娘さんと何か言い争いをしたな）

と思いつつも、それもいつものことであるから、

「どうしたの？」

と会釈程度に聞くと、おやじさんは、この日に限って深刻に、

「ああ、困ったものだよ、まったく」

と言いながら、冗談めいて怒っている。

冗談めいてというのは、おやじさんは性格がカラッとしていて、今までにほんとうに怒ったところを人に見せたことがない。

「なにがあったの？」

「うーん、それがね、今度は枕元において寝た財布から金を抜きとっているのだよ。どうしたらいいのかね、分からん」

「今度はって——、前にもそういう事があったの？」

「あるのよ、このごろちょいちょいあるのよ。だから財布は枕元においで寝るようにしていたんだけどね……」

おやじさんは、私がキープしておいた四合瓶入りの焼酎をコップに注ぎながら、先ほどまでの暗い表情もしだいに和らぎ、客に接するときのいつものやさしい笑みを浮かべている。

「他人のものを盗んだようではないからいいじゃないの。子どもの頃というのは得てしてありがちなことだよ。まぁ、あんまり心配せんでもいいんじゃないの。かと言ってまったくほったらかしというのは、それはよくないけどね、そこのかね合いが難しいところだよね。ながい目で見てやって、あまり怒らずに冷静になって言って聞かせることだね。○○ちゃんは賢い子だから言って聞かせればそのうち判断ができるようになるよ」

私は慰めにもならないことを言って、注がれたビールに手を伸ばした。

「子どもを育てるって難しいねぇ。それもこんな商売をしているととくにそう思うよ。夜はいつもほったらかしだしさ。悪い悪いと思いながらついつい今まで……」

おやじさんは、子どもが学校に上がらない頃は○○ちゃんを店に連れてきて遊ばせていたが、学校へ上がるようになると次第にそれもやめ、そうするうちにいろいろと問題もでてきて、そして今度の問題である。

「――どう、おやじさん、おれ明後日、柏原まで行くんだけどね、一緒に行かない？　ひまはないの？」

「柏原——何しに行くの？」

「柏原にね、占いをするおばちゃんがいるのよ。それがね、易者のような占い師じゃないのだ。ただどうすればいいか聞くだけ。するとこうした方がいい、こうしてはいけないと教えてくれる。自分ではどうしても判断できない悩みがあるときなど、おれはすぐそこへ行ってたずねるんだよ。するとたずねたことにアドバイスをくれるし、それが不思議とそうなって行くのだよ。おやじさんも○○ちゃんのこと聞いてみればいい、きっとよい指針を示してくれると思うよ。どう、一緒に行ってみない？」

私はいままでの不思議な体験をもとにおやじさんを誘うと、おやじさんは私の勧めであって行く気になった。しかし当日、おやじさんはどういうことを考えたのか、

「おれは、今日行くのはよすよ。おれは、なんだか恐ろしいのだよ」

と言う。そしてその時、偶然かもしれないが、私は、いつもの彼らしくない気の弱いことを言うなと思ったのだった。

それから三日ぐらいたった晩遅く、電話が鳴った。私は床についたばかりの目をこすりながらようやっと受話器をとってみると、電話の主はおやじさんである。酔っぱらっているようである。酔っぱらいの電話はだれでも話し方ですぐ分かる。愚痴っぽい。

「いま○○で一杯やっている。近くだよ、出てこれんか、会いたい」

と言う。おやじさんにしてみれば宵の口かもしれないが、時間もおそい。それに私は、もう腹いっぱい飲んで寝たところである。体よく断った。もちろん、おやじさんは残念がった。しかし、おやじさんは商売柄か、飲んでいるからと言って誘う言葉もくどくはない。あっさりとしている。


一夜が明けた。朝早く電話が鳴った。おやじさんが入院したという。それも昨夜、道端で倒れているのを通りすがりの知人が見つけ病院へ運んだという。おやじさんは昏睡状態のまま他界した。


「ミツちゃん。おれはミツちゃんがいちばん好きじゃ……。会って語りたい」

と最後に言った電話口の言葉が今も哀切な響きを帯びて私の耳に昨日のように残る。あの日、私と一緒に柏原まで行っておれば……と、あるいはこんな事にはなっていなかったのかも知れない、と。


「ミツちゃん、ビールは止めやんせ」

智観おばちゃんはやさしい口調で諭すように私に言われた。そして、さらに、

「飲ンとなら焼酎にしやんせ、焼酎ならよかごっごわんど」

とも言われる。

智観おばちゃんの言葉は、いつも親しみを感じさせる方言である。私はこの時、何歳だったのだろう。五十五歳前後？　どこかそのころだったような気もするが。私は太っているが、私はどこも悪いところはない、と自分では思っていた。病気と言えば子どものときの麻疹ぐらい。風邪などもひいたことがない。

「焼酎を、ですか」

と、私は分かったように返事をしたが、内心では、

（焼酎か。うーん、やっぱりビールがいいな）

という思いがつよく、智観おばちゃんの言われる言葉は訳もなく私の頭の上を通り過ぎていった。

私はこの時、智観おばちゃんがなぜそう言われるのかも考えもしなかった。また「どうしてですか」と聞く利口な思い付きも頭に浮かばなかった。私は、おばちゃんの前では稚気だったのです。

月日は気付かぬままに流れていった。私は気付かぬ間に深酒をはじめていた。類は類を呼ぶという。また、類は友を呼ぶともいう。私の周囲はアルコール好きが集った。私のアルコールを飲む機会はますます重なり、自分からもすすんで求めた。

花は半開を看、酒は微くんに飲む

古人はこう言って酒のおいしさや健康な飲み方をわれわれに教えている。にもかかわらず、私はいつの間にかなくてはならないほどビールをほしがる体になっていた。やめよう、やめようと思うのだがやめられない。酒に飲まれるようになっていた。まさに酒人を飲む一歩手前である。

私も六十歳になっていた。

剣道の稽古から戻り、いつものように汗でびっしょり濡れた身体をシャワーで流し、さっぱりしたところで食卓の前に座り冷たいビールをキューッと一杯飲み干した。その直後だった、どこか私の様子がおかしかったのだろう、三女が、

「お父さん、お父さん……、お母さん、お父さんが変よっ、ちょっと来て、早く来て！」

私はゆっくりと倒れていった。倒れながら三女の声が次第に私から遠ざかっていく。脳内出血だった。

倒れてから二十年の歳月が流れたいま、いまだに人並みの行動はできず不便であるが、それでもなんとか自分のことは自分で出来るようになった。

遅きに失したとはいえ、いまは春夏秋冬、夏でもビールをやめ、智観おばちゃんの言われたとおり猛暑の夏も、寒い冬も「焼酎　喜六」をたのしんでいる。

「喜六」がどんなにおいしかろうと一合である。それ以上飲むことはない。一合も、焼酎五尺をお湯でうすめての一合である。一合であるからおいしさも倍増するのかもしれないが、静かに、静かに噛みしめながらちびりちびりとたのしんでいる。

「ああ、おいしい……」

と、独り言をいいながら……。

くどいようだが、私はそれ以上飲むことはない。私にはまだやらなければならない仕事がある。それもあと一息、そしてそれを仕遂げ……。

16. 母の風景

この前だったような気がするが、母が亡くなってもう二十六年にもなる。この頃、時の流れほど早いものはないと思うようになったのは、私も年を取ったということだろう。

今年は父母のどちらの年忌にも当たらず、お寺参りをしたわけではない。ただいつもどおりお仏壇にお供えする朝の冷水と花水をかえ、居住まいを正して般若心経を唱えた。もちろん墓参りもしたが、これも平常の心がけとして二日置き（夏場は一日置き）にやっていることで、今では当然、私がしなければならない義務的、社会的な務めだと思っている。そしてそうした務めも然ることながら、いまは、私に対する父母の慈しみがいまさらながら身に染みてありがたく思われてくる。とにかくこうした行いが責務として、私の双肩にしっかりと位置づくようになったのはいつのころからだったろう、私自身もはっきりとした記憶をとどめていない。おぼろげに言えるのは、私が転勤族といわれる職業を辞めてからだったかもし

ありし日の父と母

れないし、そうでなかったかもしれない。

私は七人姉弟で、うち六番目の功と七番目の私が男子であった。兄の功は五歳のとき、今では耳にしたこともない髄膜炎という病気で早世し、末っ子である私が兄の分まで長生きをさせてもらっている。

古い憲法（明治憲法）の下で育った私の両親は、新憲法になってからも古い感覚が抜けきらず、

「セイミツはこの家の跡取りじゃ」

と、なにか事あれば姉たち全員にそう言って擦り込んだものである。いま、子どもの頃のそういったことを思い出せば、母は私を卵でも扱うように大事に大事に育ててくれたのだと感謝している。そんなわけで新憲法の下でも、父母と功の墓守は言うまでもなく無言のうちに私の手にゆだねられた。

周囲を掃き清め、墓前に向かってひざを折った私は、灯明して、

「お父さん、お母さん、功ちゃん、会いに来たよ」

と言って手を合わせるのだが、その度に泉下の父母はなごむように目を細めて、

（あらあら、今日も来てくれたね）

と、私に語り掛けているようである。とくに母などは、甘えん坊で目に余るほどきかん坊であった私が、こうして墓参りしてくれることが嬉しく、二日置きの私の墓参りを心待ちにしているのかも知れない。

生前の母は、子どもの私からみてもそれはそれは情け深く、しかも才知にたけた気丈とも思えるような女性《ひと》だった。ただ伴侶の父が亡くなった時、哀しみのためか、加えて自分も七十二歳というやや高齢のためか、いつもの頼れる母ではなかった。

母は父の葬儀もすんで、私ども夫婦が住まいする父母の旧宅で初七日の法要もすませると、気を取りなおしたかのように父と暮らしていた隠居家に帰ると言い出した。

隠居家は二百メートルばかりのちょっとした急な勾配の坂を上がって、周囲が畑地になったところに建っていた。歩いてものの三十分もあればというほどの距離である。母のこうした言動や行動は、父が亡くなったのだという現実は分かっていても、気持ちのどこかでそれを受け入れようとしない自分がいて、隠居家に戻ればいつものように老いた父が自分の帰りを待ちわびていそうな、そんな気持ちだったのかも知れない。ともあれ母は、父がいるはずもない隠居家へ帰って行った。

よそ目からは元気な何でもない人のように見える母。母はいつものように袷姿で、志布志湾が一望できる小西の坂道を上がって行った。そしてそんなうしろ姿を、妻と私は複雑な気持ちで見送ったのだが。

――半時も経っただろうか、母はかねて目にもしたこともない取り乱しようで戻ってきたのである。

「どげんしたとな?」

「――」

(気丈夫な母がいつもと様子が違う、どうしたんだろう?)

「どげんしたと、何か忘れもん?」

「いやっ、――おそろしくて家に入れんじゃつた……」

「おそろしい? どうしてな……?」

「お父さんが火鉢のところに座っておいやいごっあっておそろしか」

怖くて家に近づけないと言うのである。それどころか隠居家が炎に包まれていると言って怯えた。私はこれまで目にしたこともない母の様子に、

(どうしたのだろう。何があったのだろう。もしや気でもふれたのではなかろうか)

と、よからぬ思いが胸中をよぎりもした。

「火事？　なにを言うちょっとな、そんなバカなことがあるはずがなかろうが」

私は母の言葉を取り合いもせず、とにかく隠居家に行って何があったかを確かめてみようと坂道を急いだ。

前述したように、隠居家はわが家から二百メートルばかりの坂道を上りきって、そこからまた百メートルばかり行って左に折れ、細い畑道を五十メートルばかり入った畑地の中に建っている。

近年はここ広大な台地も昔と違い家々が立ち並び、上昭和とか昭和台といったように集落名も命名されているが、それこそ昭和三十年ごろまでは家一軒もない畑地であった。

台地（畑地）は水もない。水のないところでは、人は生きてゆけない。台地に家が建ちはじめたのは、私が中学生のころだったろうか、この台地までの水道配管工事が終わってややしばらくしてからだった。

つくられていた作物は、ほとんどが芋か麦、なたね、そば、それにどこの畑地にも細々とした菜園が設けてあり、夏場から秋場にかけてはトマトや西瓜、さとうきび、トウモロコシといったものがつくられていた。それも地力低下や病虫害を防ぐため、毎年同じ作物をつくる連作をやめて、年ごとに性質の異なる作物を決まった順序で作付けする輪作をしていた。

私が坂道を急いだのは二月も末のことで、まわりのどこもかしこも冬枯れしたさびしげな農閑期だった。そんな畑地のなかにぽつんと建っている隠居家。私は、隠居家が望める近くまで来ると歩く足が止まった。

気を取りなおして、それこそ慌てるようにして小走りに隠居家に近づくと、それはこれまで見たこともない火柱のような陽炎が隠居家の屋根をつつむようにして立ち上っているではないか。ゆらゆらと、いや、ゆらゆらとではない。燃え上がっているかのようにめらめらと不気味に揺らめいているではないか。私はその異様さに、身体が金縛りにでもかかったかのようにその場に立ちすくんだ。動けないのである。

『大辞林』（三省堂）によると陽炎は、大気や地面が熱せられて空気密度が不均一になり、それを通過する光が不規則に屈折するために見られる現象だというが、時節柄この現象に遭遇するのはちょっとばかり早すぎる。けれど私が見た現象は、幻惑とか妄想といった類のものではなかった。確かにこの日、この身体で体験した納得のゆかない不可解なほど大きく揺らめいている陽炎の現実であった。きっと母もこの現に出会い弾かれたように逃げ帰ってきたのに相違ない。

「どうじゃったね、家の中へ入れたね？」

帰ると直ぐ、母は私にたずねた。私は、

「いやっ……」

と返事しただけだった。

母も私も、少し長い時間言葉を交わさなかったが、

「――」

「入ろうとしたけど、入れんじゃった」

と、私は母とおんなじことを言っただけで、結局私は、しばらくは何かを語る気持ちになれなかった。

以来母は、二度と隠居家に帰るとは言わなかった。足を運ぼうともしなかった。そればかりか磊落とも思える気性の母がどこかしょんぼりしたように見えると、私と交わす母の言葉も小さく少なげに思えて力なく耳に届いた。

それから数日――ある夕方だった。どうしたことでか分からないが仏間の三脚提灯が倒れるというハプニングが起きた。もちろんその頃の灯明はロウソクで、今時のような電気スタンド形式の灯明ではない。おそらく気がめいっている母の着物の袂にでも触れたのだろう。気付くのが早くわずかに畳を焦がしただけでその場は済んだ。

父が亡くなって何やかにやと仕事に追いまくられ、瞬く間にひと月もの時間が流れていった。いま当時のことを思い返せば、その多忙さも若さゆえに乗り切れたのだという思いがしてくるのだが、またもや追い打ちをかけるようにして、今度は体中に衝撃がはしるような出

来事が起こった。

長女が鹿児島から戻ってきていたその晩だった。

「お父さん、お父さんちょっときて……」

妙にかん高い声で私を呼ぶのである。

長女は風呂に入っていた。私は異様とも思えるその声に弾かれたように立ち上がった。風呂場に行くと、湯船からあがってきた長女は、

「お父さん、お風呂場の中が妙に煙たいのよ」

と言うから、私は洗い場の開き戸を開けてみた。洗い場は湯気でしっとりとしていたが、そこに立ち込める湯気の白さはいつもとどこかが違って重たく煙たい。

（おやっ、煙たいな。変だぞ――もしや、これは！）

私は、ハッとした。

「おいっ」

その場から妻を呼ばわった。その声はかねてにない大声で何事かと思わせるような慌てた声で鋭かったにちがいない。

妻は台所にいた。

台所は風呂場と目と鼻の先、いつもなら大声など出さずとも言葉のやり取りができるとこ

ろ。が、この時ばかりは、

「バール！　大きなバール、バールを持ってこい」

私は妻に、激しく命令的であった。

「倉庫、倉庫に入っている」

と、その声もまたそうとうに甲走っていたに違いない。

妻はこのとき、身重の体で三カ月だった。が、私のかねてにない命令的な、しかもただならぬ大声に何かが起こったものと察して素早く動いた。

下世話にも〝火事場の馬鹿力〟などと言うが、私は手近にあったハンマーで固い浴室のタイル壁をたたきやぶり、できたその壁間から四方に十分すぎるほど水をまき散らすと、届いたバールで天井板をこじ開け打ちはがし、どのようにして上がったのか上り口もない焚口辺りの天井裏まで這い上がっていた。

天井裏は、屋根裏との狭い空間ができており、いまにも引火して燃え上がりそうな濃い重たそうな煙が充満している。死にもの狂いというのはこんな状況をいうのかも知れない。私はただ無我夢中で車軸を流すような放水をした。

悪夢の一夜が明けた。

風呂場の傷み方ははなはだしい。台所も仏間も水浸しの跡が生々しい。そればかりか天井裏で踏みつけたのであろう釘痕、膝頭や手の平の傷がずきずきと妙な感じで痛みだした。二、三日が経った。後片付けも済んで気が落ち着くと、私は生まれてはじめて、

「いつまでも悲しんでばかりいたらいかんがな。家中が暗くなるばっかりじゃ」

叱るようにして母をとがめたのである。そしてそれからというもの、私の中に、

（私がしっかりしなければ……）

という、これまでと違った感情が日に日に大きく成長していったことは確かである。

母は、このとき七十二歳。これまでの母はすこぶる元気な人で、家事はもちろんのこと、農事も外交もとそれはそれは一生懸命に働く女性《ひと》だった。それが萎えたように元気がない。そんな母を、私はなぐさめ元気づける術を知らなかった。

私の心のなかは、ここ数日何かいら立たしさのようなものに包まれてスッキリとした晴れ間がない。そしてそんな気分の数日間がすぎたある晩、私はふと、

（そうだ、御山にのぼろう。少しは母の気持ちも落ち着くかもしれない）

と思ったのである。ここでいう御山とは、和歌山県北東部の山中に位置する「高野山金剛峰寺」を指す。

ついでながら高野山金剛峰寺は、僧空海が唐から帰朝後、八一六年に建立したと伝えられる。宗派は真言宗。真言宗という命名の由来は釈迦の真実の言葉による教え、という意味で

あるらしい。

元来寺院は、山中に神仏がまつられたり、修行場があったりすることから山の尊称として「御山」と呼ばれた。

母は、何事か心配が生じて、その解決の判断に迷うとき、東串良町川東にある真言宗西大寺に通った。その総本山である高野山金剛峰寺に母を案内しようと思ったのである。

出立は、父が亡くなって三カ月も経とうとするころである。忘れもしない昭和五十二（一九七七）年五月の三日だった。一日目は和歌山県橋本市の橋本駅前の旅館に部屋を取った。むろん突然なことゆえ十分な計画もないまま行き当たりばったりの無計画な旅だった。とにかく高野山をめざして親子の旅が始まったのである。

思えば当時、人々は一家に一台の車を手に入れようとしていた時代である。車は、通勤だけではなく、ドライブや観光旅行などのレジャーにも利用することが多くなっていた。しかし私たちの交通手段は、汽車かバス。それに歩けるところは山道でもてくてくと歩いた。

交通手段の過渡期である。まだ大きな駅の周辺は賑わしい気分が十分に残っていた。もちろん橋本駅前もそうであったのだろうが、不思議なことに駅周辺の風景は、私の記憶にとどめていないのである。ただ旅館の二階の間で、母と二人で夕食を取ったその様子がおぼろげに思い出されるだけである。そんなわけで「御山」もそこら辺りからのぼったと思うのだが、これもはっきりとした記憶が戻ってこない。

高野山にお参りしてみると、その参道には高野槇と思える大木が鬱蒼と立ち並び、また参道からそれた枝道には、歴史に名をはせた人々の墓所があちらこちらに居並んでいた。いまこうして筆を執りつつあのときのあの場の場景を思い出せば、深山の中で苔むす墓石には諸行無常の感すらおぼえる。高野山にお参りした母は、あのとき何を念じたのだろう。いま、私はふとそんなことを思う。

下山してからの母は、私の気のせいかも知れないがいくぶん落ち着いてきたように思えた。何故ならその証には、話す言葉に弾みがでてきたことと、加えて何と言っても食がすすむようになったことである。ダイナミックな母の性分には、湿っぽさは似合わない。女だてらに豪放で磊落な姿がよく似合う。

母はもともとそう食の細いほうではなかった。そうかと言って食のすすむほうかといえば、そうでもない。ただ好き嫌いのない人で、食事は何でもそれはそれはおいしそうに口に運んだ。

二人に、旅を楽しむような勢いがつくと、母は、三十九歳の私が弱音を吐きそうな足どりで先をどんどんと歩いた。それも母は、明治生まれの人、靴など履く習慣などは身についていない。それも山道を、下駄ばきで身軽に動いた。

私は母のそうした様子を目にして、
（よし、この際、馬籠や妻籠など木曽路まで足を延ばしてみよう）
と思ったのである。

余談めくが、木曽路についてである。

木曽路といえば昔から中山道（今の国道19号線）の代名詞のように呼ばれた。

中山道は江戸日本橋から板橋へ出て上野、信濃、美濃を経、近江草津で東海道と合流し、大津を通って京都三条大橋までの六十九宿である。このうち木曽路は、長野県塩尻から南へ十四キロの桜沢にはじまり、十一宿を経て馬籠までの道のりである。

「木曽路はすべて山のなか」といわれるように、東に木曽山脈、西には立山、穂高、乗鞍、御嶽と三千メートル級の高さを擁する飛騨の山々が続き、この山塊を縫って、木曽川が伊勢の海へと流れ込む。

島崎藤村の小説『夜明け前』の舞台となったこの山間の貧しい村・馬籠は、資源といえば唯一山林だけだった。しかしこれすらも自由に伐採することを許されなかった時代、小説はこうした時代のなかで苦悩する主人公・青山半蔵を描写する。

時代を遡《さかのぼ》ってみると、徳川家康が江戸幕府を開いたのが一六〇三年。家康が、何よりも優先したのが官道の整備だったといわれる。つまり東海道、中山道、日光街道、甲州街道、奥州街道の五街道の整備は最優先の課題であった。なぜなら国家を統一してゆくためには、情報や物資の流通は必要欠くべからざる条件である。そしてその一画である中山道の木曽路は、深山幽谷にしてしかも険しい峠道の連続である。

余計な話かもしれないが、いまこうして筆をとっていれば、木曽路をわが娘と歩いた平成のはじめでさえも、とくに菊池寛作品『恩讐の彼方に』で描かれている鳥居峠などは、檜や杉の木立が深々とすきまなく生い茂り、その人里離れた奥山で熊にでも襲われてはたまらないと、私は放歌高吟しながら峠越えしたことを思い出す。

峠越えは、時代はちがっても、今も昔もさほど変わってはいないと思うのだが、五街道が整備されると、日本三大美林の一つといわれる木曽檜など森林の経済価値に加え、木曽路は交通の要衝としてもその利用と役割は大きくなったのである。

母と歩いた妻籠、馬籠ももちろん山のなかであった。母は口にこそしないが、内心心細かったに違いない。いまはもうどこをどう歩いたのかその断片すらも私の記憶にはないのだが、山道をてくてくとたどり着いたところは妻籠の宿であった。

先にも述べたとおり、あて所のない行き当たりばったりの旅。そして宿探し。幸いにもこんな山里にと思われるところに軒を連ねて二階屋の家並みがつづいている。

二階屋は、そのほとんどが軒灯をとりつけた宿屋である。

山間の日暮れは早い。だが木曽路といえども軒灯をともすにはまだはやすぎる。そこで母と私はそこら辺りをあちこちと見て回った。軒下の格子造りも、二階屋の出梁造りなども小学生のころまではそれこそあちこちでよく見かけた造りである。私は懐かしかった。いわんや母の懐古の情はいかばかりだったろう。遠い時代に引き戻されたような深い懐かしみをおぼえたに違いない。そうしたなかで私たちの目に留まったのが「い古《こ》まや」の屋号である。

思えば「い古まや」と浮き彫りにした大きな看板は、昔は行き交う旅人の賑わいで生き生きとして人目をひいたであろうが、時は流れて昭和後期のいま、行き交う旅人も途絶えた山間の宿場は、往時の明かりをともして夜を迎えようとしていた。

「ごめんください」

私は、宿の奥間へ声をかけた。すると、もの静かに見えて重みのある女将《おかみ》らしき婦人が出てきて迎えてくれた。ほかに宿泊客はないようである。天井が高々としているせいか寂しい気分さえする。

女将は、年は五十歳前後？　小太りでふくよかにみえて和服を着こなしている。

私は一夜の宿を請うた。

母は、こうした旅は不慣れらしく私に掛け合いのすべてをゆだねていた。というよりも私

妻籠（吉田桂二氏画）
長野県木曽郡南木曽町妻籠は町並保存を実施して、江戸時代の中山道妻籠宿場町の面影をよく残している。

『道と駅』（大巧社）より再録

が母をいたわる責任感のような気持ちであれこれと面倒をとりさばいたと言ったほうがいいのかもしれない。

女将は毎々のこととて、手慣れた物腰で母と私を客間へと案内してくれた。

客間は二階。階段は見るからに危なっかしい急な勾配である。部屋と部屋との間仕切りも襖になっていて、その襖をはずせば何畳にもなる大広間となる。こうした襖だけの間仕切りは、生活様式の変わりつつある今日、とくに核家族化の進んだ今日の建築様式ではほとんど見られなくなっている。

ここは木曽路。明治生まれの母にしてみれば懐かしかったのだろう。夜の食事のときがきた。

食事はお膳で運ばれ、畳の上に置かれた。やはりこれも昔ながらである。膳にはどんな品が並んでいたのか、いまではもう記憶にとどめていないが、何と言っても木曽路の位置は日本の中心部、山の中。おそらく川魚と山菜尽くしであったであろう。

私は酒もたのんだ。酒は、一人が一合まで。二合はお断りである。木曽路の宿は、昔の約束ごとが今日も延々とまもられていた。このことは旅人の朝早い旅立ちと安全をおもんぱかってのことで、この街道筋の古くからの決まりだと、女将は言った。ただ現況においても、この地域でのそういった申し合せがあるかどうかは分からない。このときは許された母の分も私が飲んだことなども記憶している。

高野山、そして木曽路と巡るうち、母は日に日にもとの豪放で磊落なすがたを取り戻していった。そして母はこれを境に、孫を交えて私たちと暮らした余生の二十年間、不思議と妻と馬が合った。

母は毎晩一合の焼酎をこよなく愛した。焼酎の銘柄は、となり町の古酒「老松」である。これが一番おいしいと、こだわりもした。

私は身辺雑記のなかで、母の旅立ちをこう書き綴っている。

＊　＊　＊

「お母さん……」

母が亡くなった日、その日は折しも大型といわれる連休の始まりでした。人はどこか遠くへでもでかけたのでしょう、街なかも打って変わったようにひっそりとしていましたし、そのせいか私もその日に限って母の伏せる病院にも行かず、わが家の庭におりたってそこら辺りの散らかりをあちらに片付け、またこちらを直すといったぐあいでこそこそと立ち働いておりました。と、家の中でリンリンとなる電話の呼び出しがいやにやかましく耳に届いたことを二十四年経ったいまでもよく覚えております。

間もなくでした、電話口で応対する妻の声がしましたが、それがまたいったい何事だろうと思わせるような忙しない返事でした。

(もしや、母が……)

私は胸騒ぎを覚えました。と、時を移さず、妻は床を踏み鳴らして庭までおりてきました。

「お義母さんが危ないみたい。はやく病院へいってみて」

と言ったのです。

元気な母が突然床に伏したのは、亡くなる半年前の十一月三日のことでした。

斜め向かいの内科医の先生は、その後の母の病状を気にかけて私に聞かれたのです。そして「うーん」と呻くように小首をかしげ、

「あと六カ月じゃろうな」

と、低くつぶやくように言われたのです。

ふだん先生は、だれ言うとなく見立てが上手だと耳にしていましたし、それに私は、何かにつけて先生には信頼をよせていました。とはいうもののこの時ばかりは心のどこかで先生の言葉を受け入れようとしない自分がいたことを思い出します。

と言いますのも、母は老いているとはいえ、ほんの昨日まで、いつもと変わらず元気そのものでしたから。

二日前もそうでした。遊びに立ち寄った四女の姉となにやら楽しそうに話し込んでいましたが、そのあげく妻を呼ばわって、

「とし子さん、今夜はひさ子の家に泊まりに行くからね」

そういって出掛けたのです。

出掛けるまぎわ見送りにでた私ども夫婦は、なぜかこの時ばかりはかねて口にもしないことを姉に言いました。

「姉ちゃん、焼酎は一杯だけだよ。半々に薄めて一杯だよ。一杯だけだからね」

念を押すようにいいますと、いつも快活で気分のいい姉は、助手席の母を覗き込むようにして見ながら、

「お母さん、セイミツちゃんが心配しているよ。よかったね、一人息子が優しくて」と言い、そんな会話をして送り出しましたのが、明後日は「文化の日」でいくぶん寒さのある日でした。

母は職人気質の父と違って豪放で磊落なあかるい女性《ひと》で、焼酎が大好きでした。野良仕事からもどるとそのまま炊事場へ直行、戸棚から一升瓶を取りだして、コップ一杯を「きゅーっ」と生《き》のままで一気に飲み干したものです。また時折でしたが、ご飯に焼酎をかけて食べておりました。ある時、私が、

「それでご飯がおいしいの、おかずはなくていいの?」

と不思議がってたずねますと、母は、

「腹が減ったときは何でもおいしかど」

まるでお茶漬けでも流し込むようにさらさらっと食べてしまったのです。

私が母を知る限り、早寝早起きのはたらき者。風邪かなと思えば玉子酒をつくって飲み、少々の傷や怪我なども焼酎で消毒するといったあんばいで、それこそ病魔もよけて通るぐらい野性味がかった女性でした。

かといって人間誰しも寄る年波には勝てぬといいます。母は、私が駆け付けたそのとき、いま息を引き取ったところでした。

はじめてまじまじと見る母の面立ち。その安らかな寝顔は愁眉を開いた涅槃の仏がおわすようでありました。私はそんな母の胸にそっと手を置きますとあたたかく優しいぬくもりが染み入るように伝わってきます。その心に染みる温かさを感じながら、

「お母さん……」

と、そっと耳もとで呼んでみました。

なんとも応えてくれぬ母。部屋には時間の止まったような深いしじまが流れていました。

＊　＊　＊

「また来るね」

と言って、私はやおら墓前を立った。見上げる五月の空はどこまでもコバルトブルーに澄みわたり、じんわりとした暑さのなかで心地好い緑風が頬をなでる。

遠い昔の出来事は、流れゆく月日とともに実景を離れて霞を深くする。なのに、母の風景はありのままそのままに余韻を深くして今も昨日のように私の中で生きつづけている。

17. 父の香り

建て付けのしっかりしている隣の奥庭に建つ空き家。この空き家は車大工をしていたが、高齢で仕事をやめた父が隠居家として建てたもので、もうかれこれ四十五年ばかりは経っている。

空き家の内部は、六畳が二間。もちろん台所に風呂場、押し入れ、床の間などなど一切合切を便利のいいように間取りがしてあって、こじんまりして南向き、春夏秋冬をとおして一日中日当たりが好いようにつくってある。とくに冬場ともなれば縁側を越えて畳の間まで朝日が伸びてくるから、小春日和の日などは、両親が障子を開けて日向ぼっこをしながら仲良くお茶をすすっているところによく出くわすものだった。

隠居家と私ども夫婦の住まいとの空間は、距離にしておよそ十メートルばかりである。空間になった中庭には白梅紅梅の枝垂れ梅、つつじ、山茶花、あやめ、かいどう桜などといった木や花などがその時季になると見事な色合いの花をつける。そうしたなかで百日紅《さるすべり》などは、特別に眺めるような花木でもないのだが、それがどういうわけか、今年は目を引くような真っ赤な花をつけた。

（あれっ、今年の百日紅、花の色が例年になく濃ゆいみたい。いままでにこんな真っ赤な花をつけたことってあったかな？）

と思いながら、特別何か手を加えたりしたわけでもない自然の現象にしばらく目を奪われたのである。

早春、中庭には三十～四十センチぐらいに伸びた茎の先に楚々《そそ》として白色の水仙が開花をはじめる。水仙は北半球の暖帯に分布する花だというが、日本では関東以西に自生する。水仙が私にとって意外だったことは、原産が遠い地中海沿岸だということである。私はつい最近までそのことを知らなかった。そして平安時代にわが国に渡来したといわれる。

水仙の開花にはじまった中庭は、春夏秋冬うつろう気候の変化でいろいろな草木がつぎつぎに開花し仲夏のころまで私を楽しませてくれる。ところが近ごろ、植えられた花や花木を観るたびに思うのだが、植え方がいささか丁寧さに欠け、いかにも粗雑に植えられていると思うようになった。知り合いの庭師にでもたのんで手を入れてもらおうと思ったりもしているのだが、これがまた私にとってとりわけ重要なことでもなく、ついつい無頓着にうちすぎている始末である。

秋、彼岸の頃になると中庭の片隅に真っ赤な彼岸花（曼珠沙華）が咲く。これも水仙やあやめなどと同じく球根をもつ多年草である。多年草といわれる草花は、茎や葉が枯れても根は枯れずに残っているため、ゆっくりとではあるが年々殖えてゆく。

近くで見る真っ赤な彼岸花は、殖えると見よい花ではない。ただごてごてとけばけばしく、言ってみれば激しい毒々しささえ感じさせる。それでいて庭先にわずか二つや三つ、あるいはまた田の畦や土手などところどころで見る真っ赤な彼岸花は、私の中ではなぜか仏事とむすびつき、ものの哀れさえ感じさせる花でもある。父はどこの誰からこれらの苗木や球根を貰ったのか。買って植えるほどの器用さは父にはなかったはず。たぶん、隠居して、もらったものをその都度植え足したのだろう。植木には腕になんの覚えもない父が、計画性もなく、あそこが好かろう、いやこの辺りに植えとけといって造園したものだろうと思うのだが、中庭を眺めて、

「ほう！」

と、どの辺りから眺めても嘆称するようなところがない。つまり凡庸な中庭になっているのである。ところが私、年のせいか近ごろ花いじりするようになってから思いもよらぬこと

に気付いたのである。というのは、父が植えたこれらの花も木もそのほとんどが私の好きな植物ばかり――ということである。

私はこれまで私をとりまく人たちから遺ること為すことが母に似ていると言われ、また私自身でもそう思っていた。

母は無口な父と違ってユーモリストで明るく豪放磊落な性格であった。それに加えて人一倍の働き者。私はそんな母の性向が八、そして父の性向が二といった割合で私という人間は形成されているなどと思っていた。それが年を重ねるにつれ、また退職後の手慰みにと中庭に少し手を加えるようになってからは、次第に八対二の割合が逆転して、父の性向が七か八。それも七十路の道を歩きはじめて、総じて私の心身の割合を父が支配しているのではないかと思うようになったのである。

父は明治も中期、二十七年生まれの車大工の職人であった。

昔の職人といえば押し並べて無口で、頑固で、それであって情誼に厚いといったところが物語のだいたいの相場である。しかし、実際はそんなこともないと思うのだが、父はまさにそのとおりで曲がったことが大嫌い。賭け事も好まない。そのうえ仕事柄であったかもしれないが、盆や正月のしきたり、掃除や火の取り扱い、朝寝坊や夜遊びといったことなどには至って厳しい人であった。こうした父の人柄は、家族はもちろん住み込みの職人さんやお弟子さんたちにも仕事を通すなかで理解されていたようで、厳しいなかにも子どもの私には分からない温情をもった人柄だったようである。

年季が明け、父のもとを離れて一本立ちしたお弟子さんたちは、その後もたびたび父のところに立ち寄って、何が面白いのか無口であるはずの父とすっかり話し込んでいた。そしてそんな時の父は、かねてにない厳しさのとれた穏やかな人になっているところを垣間見るものであった。

早いものである。父が亡くなってもう四十年にもなるこのごろ、私宛に荷物が届いた。荷物は幅、高さともに三十センチで、長さは四十五センチほどのかたい丈夫な段ボール箱である。

（私に、荷物？）

と不思議がりながら送り主をみると、滑らかさに欠けた大人の文字で、送り主「大坪寅夫」となっているではないか。

（おっ、寅夫さんからだ！）

父が亡くなってこの方一度も会っていない寅夫さんからの宅配便。私は驚きと懐かしさにあふれ、届いた荷物の中身を、

（何だろう？）

と思いつつ、見当もつかないまま早速段ボール箱を開けてみることにした。

寅夫さんは、確か私より二つ年上で、十五歳のころ、つまり中学を卒業するとすぐ父のもとに弟子入りした人である。実家は私の家からそう遠くないすぐ近くにあったので、誰もがたぶん親元から通っての弟子入りだろうと思っていた。ところが寅夫さんは、家からの通いではなく他の職人さんと一緒に住み込みで働くようにした。そして働くようになって一年も経ったころだったろうか、町に夜間技能者養成校が開設されることになった。これは、今の職業訓練校みたいなものではないかと思うのだが、寅夫さんはそこに入校した。

技能者養成校は寅夫さんにとって興味のあるところだったらしく、仕事を早く切り上げさせてもらうとたのしそうにせっせと通った。「ただいま。いまでした」と言って帰って来るのがいつも九時過ぎ。そのときの笑顔が無垢な少年のようであったことがいまでも私の心の片隅に残っている。

父は、そんな寅夫さんを見て、

「――寅夫も学校にゆくのが楽しそうじゃないか、よかことじゃ。寅夫はほんとうにいい子じゃ、高校に出してやれなかったのかな」

と、長火鉢を前に、火鉢を抱くようにすわって煙管タバコをつめながら言ったこの時の場景がいまでも鮮やかに私の脳裏に残っている。思うに寅夫さんや私たちの時代、生徒の約三分の一以上は進学をしていない。しなかったのか、できなかったのか、いずれにしても明治半ばうまれの父は、自らが思うように読み書きができないだけに、寅夫さんを学校に出してやりたいという思いが強かったのだろう。

時は流れ、昭和も三十年代半ばに入ると車大工の仕事も陰りを見せはじめていた。それは、人がこれまでかかわり続けていた牛馬の使役に代わるものとして自動車が台頭してきたことにある。

牛馬に代わっての自動車の台頭は、これまでの農事運搬の仕事を一変させた。のみならず父の、また職人さんやお弟子さんの生活様式までも一変させることになった。

たとえば進さんという人のよい職人さんがいた。進さんは車大工の仕事を離れると隣町の大丸へ帰り、ほそぼそと自転車屋をはじめた。たぶん父のところで磨き上げた鍛冶の仕事をどうにか生かそうと思ったからであろう。しかし田舎では、その仕事一本では生計もままならず、兼業として農業を営んだ。

澄男さんと末男さんは大阪へ働きに出た。二人は出稼ぎではなかった。澄男さんは、しばらくは職を転々としておられたらしいが、日本経済は折しも発展の初葉時にあったことで、そのうち自動車の運転免許を取得するとトラックの運転手として大阪に定住し、大阪の地で天寿を全うされた。

いっぽう末男さんは、大阪で溶接工員として働いた。そして五年間、溶接の施術を残らず習得すると、ふるさと志布志に戻って溶接の工場を構えた。末ちゃんは物を工作することに長けた職人さんだったこともあって、これが溶接の仕事に幸いしたのか評判もよく仕事も順調に伸びていった。

俊二さんは文学青年。直江さんは兵隊帰りの人の良いおじさん。圭ちゃんは歌が上手で絵もうまい芸術家タイプの青年。実さんも、茂さんも多くの職人さんやお弟子さんが転職を余儀なくされた。

父の最後の弟子であった寅夫さん。寅夫さんはしばらくあれやこれやと働き口を探していたが、最終的には自衛隊への入隊を決意した。そしてそのことを耳にした父も母も、

「えっ、寅夫が自衛隊に入るって！」

と驚き、母は考えてもいなかった展開に、

「――また戦争がはじまるんじゃなかろうかいね。戦争がはじまれば寅夫どんたちが真っ先に行かねばならんようになる。自衛隊なんかにゆかんでも、ほかにも仕事はあったはずじゃが」

と、わが子のように寅夫さんの身を案じてつぶやいた。時あたかも日本経済成長のはしりのころである。

それにしても届いたこの荷物、住所は貝塚市橋本七七の四二三となっている。

（なんだ、寅夫さん大阪にいたのか）

余りある懐かしさに浸りながらも、届いた荷物があまりにもビシッと縛ってあるものだから、

（こんな丈夫な箱なのに、そのうえまだ頑丈に縛ってある。いったい何だろう）

と、私は愚痴りながらも興味津々に結んである紐をほどいた。箱の中はさらに大事そうに発泡スチロールでつつまれていたが、なんと出てきた物は模型ではないか。かつての時代、寅夫さんが弟子入りしたころ盛んにつくられていた荷馬車の模型。大きさは、車体の長さがざっと四十センチぐらい。車軸から放射状に出るスポークも、自転車のリムにあたる金輪も、そしてさらに荷馬車に取り付けてあった金具や道具箱までも細々にわたって実によく再現してある。

私は仏壇の上を見上げた。仏壇の上には五歳で亡くなった兄功と、わずかに口元のほころびた母。それにいつも苦虫をかみつぶしたような表情をした父の遺影が私を見下ろしている。

（お父さん、お母さん、寅夫さんがこんなもん送ってくれたよ。ほんとうによくできてるね――懐かしいなぁ）

と、独り言を心のなかでつぶやきながら箱から出した模型の荷馬車を仏前に供えた。

父の遺影は、母が、

「この写真がいちばんお父さんらしい」

と言って選んだ一葉であるが、今になってみれば母が選んだこの遺影、しみじみとして実に父らしい写真だと思うのである。

私はあるエッセイの中で父のことをこう書き綴っている。

＊＊＊

――私は、父が文字を書くところを見たことがなかった。新聞もそうだったし、文字に目を通すところにも一度も出会ったことがなかった。（中略）父は、私が高校二年の終わりごろになるとまるで油紙にでも火がついたかのように進学を口にしはじめたのである。

これまで柔道ばかり楽しんでいた高校生活。学業はあまり振るわず、そういうこともあって、

「いまからじゃ遅いよ、間に合わないよ」

とかなんとか言ってその場を受け流していたのだが、それでも父は何かに取りつかれたように進学を勧めた。

明治という時代、父は十三歳で他人奉公に上がったと、母が私に教えてくれたことがある。そして腕にたたきこんだ車大工という仕事。口数もそう多くはない父が、それこそいったん仕事に取り掛かると家族の私までもが萎縮するほど寡黙になった。（中略）

新造車引き渡しの日、その夜はきまって酒宴が催された。

注がれた盃をおいしそうに口にはこぶ父。その表情からは寝食も忘れて取り組んだ職人の厳しい表情も消えて、達成感にひたる父の笑顔がいまも瞼にうかぶ。

父はすぐ酔った。酔ったようには見えないが多感な少年期の私にはそれがすぐ分かった。座が引けた後の父は、それこそ心も体も酔いがまわったのか倒れこむように布団の上に大の字になった。

明治、大正という時代を駆け抜け、昭和三十年代も半ばに入ると父の仕事に急にかげりが見えはじめた。自動車の台頭である。

ある日、私を前にした父は、

「おれは、この仕事以外のことは遊びもなにも知らんじゃった……」

と、過ぎ越し方に思いをめぐらすようにぽつりぽつりと語り始めた。そして、

「セイミツ、学校へ行っとけ。親の言うことは聞いとくもんじゃ。行っとかんか」

いつになくものやわらかにして重々しく私をさとす父。それは明治も半ばという時代環境

のなかで育ち、字も読めない無学にひとしい自分自身への挑戦であったのかも知れないが、それにしても勧めるその言葉は、まるで白布にインクが滲みるように私の心をゆさぶった。そして、——四年後、私は教職の道を歩いていた。

時は流れて昭和も晩期の五十二年、二月の十五日はみぞれまじりの雪が舞うつめたい朝であった。私にとって「父」という明治生まれの名工はひそやかに帰らぬ旅に赴いた。その生涯を正確に計数すれば八十二年と六カ月である。

＊＊＊

今日から十二月。このところ寒さが少し気になるが、今日のようによく晴れた朝は、空き家の縁側のガラス引き戸をめいっぱい開けていつも換気をする。と、部屋にたまっていた重たい空気が一斉に動き出す。そして外気に同化する。これからの季節、中庭のたのしみは水仙に椿、それに梅である。

私は朝の新鮮な陽ざしをあびて縁側に立ちちょっと中庭に目を遊ばせた。すると今年は少し早い気もするが、寒椿が一つだけもう半開きのうす赤い蕾をつけている。

寒椿は、山茶花と椿の主観交雑による園芸品であるという。それにしてもこの寒椿、深く濃い青葉のなかにただ一輪の赤い蕾を持っている。なんと見事な色合わせか。もしや父は、無学ながらもこうしたひと時の出来事をひそかに愛でていた無声の詩人であったのかも知れない。

冬来りなば春遠からじ。その季節になれば中庭に咲く白梅もまた父の香りをはこんでくる。今年はやけに春が待ち遠しい。

ほか四編

1. 今を「生きる」

甥にあたるお隣の安楽郁人さん。郁人さんはいま七十四歳である。四十三歳のとき耳にしたこともない病魔に襲われ、以来何かにつかまらないと自分では立つことも歩くこともできなくなった。それに郁人さんは、五年前に頼りにしていた奥さんを癌で亡くしていた。その時は、自分が思うように動けぬ身体だけに失意に沈んだ。

そして一昨年、老いた身体で息子の面倒をみながら一緒に暮らしていたお母さんも、奥さんの後を追うようにして亡くなった。

妻と母の二人を同時に喪ったような郁人さんは、持ち前の豪放で磊落な声も姿も影をひそめ、打ちひしがれたように口数も減り、毎日毎日遺影のある仏壇に灯明して黙して座した。

そして――三カ月も経ったころだったろうか。厳しい冬の寒さもようやく取れてポカポカ陽気の春になっていた。

「セイミツさん。成光さん」

久しぶりにお隣から郁人さんの呼ぶ声がする。私は、

(ああよかった。やっと元気が出てきたか)

と思いながら手早く居間の硝子戸を開けた。郁人さんの家と私の家との間には、ブロック塀とか板壁などで造った境界がない。だから、お互いの硝子戸を開けると庭をはさんで顔突き合わせて雑談もできる。

「成光さん、今年はまだトマトは植えないの?」

「植えるよ。苗を買いに行かねばならんのだけどね。怠けて行きださんのだよ」

「ああそう。今年はトマトだけじゃなくてさ、茄子や胡瓜といった他の野菜も植えたらどう。菜園づくりがもっと楽しくなると思うけどな。それに奥さんもきっと喜ぶと思うよ」

と、珍しく私の菜園づくりに注文を付ける。

「そうね。俺もそう思っていたところだよ」

「どうせ暇なのでしょう。身体を動かさんと私みたいに動けなくなりますよワッハハハ……」

郁人さんは屈託なく豪快に笑って見せる。私はその笑いの中に郁人さんの内面にふと心が及んだ。

「郁人さん、寂しくなったね……」

「そうですね。――仕方ないですよ」

「ところで子どもさんたちはどうしているの？　こちらには帰ってこないの？　どちらか一方でも帰ってこればいいのにね」

「長女の婿さんがこちらに仕事を探しているみたいですけどもね、それがなかなか見つからないのですよ。まあ当てにせず気長に待ちましょう。娘たちの生活までも犠牲にはできませんもんね」

郁人さんは火曜日と土曜日の週二回病院へ行く。今日も病院の車が十時半には迎えに来るという。

車は定刻どおりに来た。

しばらくして郁人さんは、迎えに入っていった運転手さんの肩につかまり、またいっぽう右手では杖を突きながら玄関をでてきた。玄関から車までの距離は歩いて数歩。車は目と鼻の先にとまっている。

しかし郁人さんには、車までのわずかな距離が遠く思われるのだろう。そこで立ち止まり、背筋を伸ばして「ふーっ」と一息ついて気を入れなおすと、一歩前に足を踏み出した。

ゆっくりと、また一歩。一歩、一歩と懸命に足を運ぶ。肩を貸す人がいないとつんのめりそうである。だから運転手さん以外誰も目に入らない。ただただ懸命に歩くこと、車にたどり着くことだけに全神経を集中している。

郁人さんは傍目にも痛々しいほどの思いで車の椅子にたどり着くと、そこでホッとしたのか、漸く車の外に目を遊ばせた。そしてその表情は、心なしかいつになく生き生きとしているように見える。

郁人さんが見送る私に気づいた。小さく右手をあげて届かぬ言葉で二言三言。そしてわが家の方を指さした。

「分かった、心配せんでも大丈夫だよ。しっかり留守番しとくから」

私はやや大きな声で郁人さんに手をあげてうなずいて見せた。

車は広い庭先の門口にも気を配りながら、ゆっくりと左に曲がる。そして見えなくなった。

私は、

（郁人さんは強くなった。あの不自由な身体で、本当に強い人になった）

と思いながらも、その余韻はなぜか哀しくうごめいた。

2. 娘への手紙

暑いですね。早いものです、もうあと数日で七月も終わりです。

今日は知り合いの塚本さんからお花をいただいたので、一日に二度も墓参りをすることになりました。

二度目の折、どういう風の吹き回しか分からないが、久しぶりにお母さんも一緒に行くと言って私の後から忙しそうについてきました。もちろん今では自動車で行くことだし、墓まで五分もかからない。言ってみれば、墓所は目と鼻の先にあると言ってよいのかもしれませんが。昔は、急勾配の小西の坂をよいしょこらしょと息をはずませながらお参りしたものです。

一緒にお参りしたお母さんは、朝私がきれいにしたお墓のまわりをまたも掃き清め、今朝かえた花筒の花水もまた入れかえ、持って行ってもらった花を整頓して差し足したのです。

そして、これらすべての作業が終わると焼香してねんごろに手を合わせたのですが、これがまた、何をぶつぶつとお祈りをしているのだろうかと思えるくらいに長かったのです。

私はいままでに、お母さんがこんなにもゆっくりとお参りをするところを見たことがない。それこそお母さんは、いつも仕事をテキパキとこなす人で、それが終わるとさっさと次の仕事にとりかかる人だったからです。こうして、ゆっくりというか少し腰のまがったお母さんを見ると何か可哀想な不思議な気がして、私は（お母さんも年を取ったなぁ）と思ったのです。

お母さんは六月三日で八十二歳になりました。気付かなかったがよく見ると近ごろシワもいっぱい増え、おまけに行動も鈍くなり、私が畑の家から帰ってみると、居間の椅子にもたれてコクリコクリとしていることが多くなりました。そしてそんな時は、決まってテレビはつけっぱなし。元気なようだけどやっぱり年には勝てないようです。

またこの頃は、ここが痛いとか、手にこんな大きな痣ができているなどと言っては毎日のようにシップをはったり、薬をぬったりしている。私は、そんなお母さんみて痛々しく可哀想に思うことが多くなりました。

元気な祖父《じい》ちゃん（私の父）が亡くなったのも八十二歳のときでした。お母さんは、祖父ちゃんの亡くなった年がいまの自分の年齢と同じで、それがこのごろの気弱さに結びついているのかも知れません。

祖父ちゃんは、体はやせて細い人でしたが病気一つしたこともないとても元気な人でした。若い時から他人様《よそさま》の家に召し使われてきた苦労人でもあったし、それだけに仕事はていねいで、周りの人が好意をもつほど仕事熱心な人でした。そう言えばお弟子さんの手前もあっただろうし、また仕事にも支障があると思っての事だったかもしれませんが、祖父ちゃんは自分から酒を要求する人ではありませんでした。

ある晩、私は、そんな祖父ちゃんと二人で酒をくみかわしたことがあります。

一人息子の私が勧める酒は、その時の祖父ちゃんには何にもかえがたい味のする美酒だったに違いありません。

祖父ちゃんはめずらしくいい気分でゆっくりと酒を口に運びました。私は私で父と飲めることが嬉しかったことはいうまでもないことです。ところがです、祖父ちゃんは私の飲む姿をみて、またその量の多さをみて、少なからず驚いたのでしょう、

「成光、もうやめとかんか。そんなに酒を飲むもんじゃなか。酒は飲む人の心がけによって薬にもなるが、また毒にもなる。多くの人の失敗は酒からじゃ……」

ずしりとした重たい口調で言いました。

しかし若い私には、その言葉がまだなじめないお説教のようにしか届きませんでした。だ

からその言葉は、私の耳から瞬く間に跡形もなく消えてしまっていたのです。

私が倒れて二十年、この手紙を書くいまごろ祖父ちゃんが怒るようにして言った言葉を思い出すのです。そして私が、

（しまった飲み過ぎたか、意志が弱かった……）

と思ったときは、もうあとの祭りでした。あの時、祖父ちゃんの言うことを心に止めとけば、聞いておけばよかったといまごろ思うのです。ここに祖父ちゃんのことを書けば、用紙が何枚あっても書きつくせぬほど長くなります。

いま翔惺も六年生、もう何カ月もすると中学生になる。秀怜は五年生に上がる。そして、あれあれという間に翔惺のあとを追って秀怜も中学生になる。

人間形成の土台は、そのおおかたが少年期にあるといわれます。

少年期とは、幼年期が過ぎたころから十代半ばまでの多感な時期をいうのですが、それを過ぎると人間形成もほんの少しずつすすみ、そして未成年期（二十歳未満）までにその人の人間形成がなされるといわれています。よって十代半ばまでの少年期は、人間にとってもっとも大切な時期なのです。

こんな言葉があるのを知っていますか、

「やって見せ、言って聞かせて、させてみて、
　褒めてやらねば、人は育たじ」

褒めてやらねば……と言っています。また、

「三つ叱って、七つ褒めよ」

とも言います。その子のよいところをみつけて褒めてやるのです。英語圏には、

「鉄は熱いうちに打て」

という教えがあります。すべて、人も精神が柔軟性に富む若い時代に有益な教育を施せと言っているのです。


翔悍は、智巳に似てとても繊細で優しい子どもであるように思います。よもやこれからも間違いはないと思うのですが、機会があればそのチャンスをとらえて、いま抱きしめてやりなさい。

たとえば、先ほど特選に選ばれた小学校児童画展みたいなものに出くわしたとき、親はただ言葉だけでなく、その才能と努力の結果を体全体で喜び抱きしめてやるのです。そうすれば親と子どもとの一体感が深まり、子どもに一層の優しさが形成されるのです。優しさは強さです。それも何よりも強い大きな強さです。こうして育てた優しさは必ずわが身にかえってきます。

少年期に形成されたものは、それを上回るよほどのことがない限り、その子の身について離れません。好いことも悪いことも、その子の一生を通して焼き付いたように強烈にしみついて、その子の人生を左右することにもなります。

そしてその時期というのは、今からです。いや、翔惺には遅いぐらいです。今をのがしては、三人のわが子を、しかも男の子を教え導くということはできません。抱きしめるということもありません。また抱きしめようと思ってもできるものではありません。秀怜も、隆世も同じことです。好いことをしたとき、またできたときは抱きしめてやりなさい。優しい男の子の人間形成は、十五歳ごろまでの親の接し方にあります。叱らずによく言って聞かせなさい。そしてできるだけ褒めてやることです。

さて、老婆心ながら愚痴っぽくながながと綴ってきましたが、この辺で本題に入りましょう。

年は取りたくないものです。しかし、これは自然の摂理です。だれも逆らうことはできませんし、受け入れなければなりません。

お母さんも年を取りました。

この頃お母さんの生活を見ているともどかしくなります。私が自分で思うように動き回ることができない体になってしまったからかもしれませんが、それでもお母さんを見ているとじれったく思えてならないのです。

戸締まりは忘れ、水屋や押し入れの開けっ放しは日常茶飯事。持ってきたものは、用が済めばそこに置いたまま。近ごろは冷蔵庫の閉め忘れもときどきみられるようになり、私がそれとなくボケたような返事をしてみると、

「お父さん、あんた大丈夫ね。まさかボケじゃないでしょうね」

と言うから、それでもなお、つじつまの合わぬことをいえば、

「お父さん、しっかりしてよ、もう……。いまのは冗談でしょう？　そんな冗談はしなさんな、言いなさんな」

と真剣な顔をして言う始末。かと言って、私は私で、お母さんは以前のお母さんと違うと思っているのですが、はたしてどちらがどうなのか……、分からない。

ついこの前でした、お母さんが突然、「私、今度の土曜日、久留米に行ってくる」と言い出したのです。

それを聞いて私は、お母さんも長いコロナ禍で憂さ晴らしでもしたくなっているのだろうと思い、さして気にも留めなかったのですが、しかし、つぎにいうお母さんの言葉がおかしいのです。

「どこで乗り換えるのだっけ？　まえに福岡へ行ったときどこかで乗り換えたよね、どこ

だったっけ?」

いま久留米は、西駅から新幹線で直通。お母さんの頭にはそれがない。まだ新幹線が全面開通していないとき大牟田まで行ったことがあります。そのとき熊本まで普通急行で行き、熊本から新幹線に乗り換えたことがあります。お母さんは、数年前のそんな出来事と今を混同しているのです。

「智巳の家は、駅からどう行けばいいのかね」

「何を言っているのだ、駅まで迎えに来てもらえばいいことじゃないか」

「ああそうか、そうだよね」

と、お母さんは納得するが、どうも私たち二人の会話は歯切れがわるくなるものだから、私は心配で、

「おまえね、智巳の家に行くのはちょっと待てよ。おれが智巳に手紙を出しておくから、それから行けよ。ところでおまえ、何しに行くのだ?」

と、私は尋ねてみたのです。

このごろのお母さんは、以前よりもっと耳が遠くなったせいかどうも話がつながったり、つながらなかったり要を得ないのです。

私は私で、いま腰痛で階段など掴むところなしにはとても歩けない。医者から手術もにお

わされているのですが、「まあちょっと待ってくれ」と言ってそれを引き伸ばしているところです。

「年を取るって、こんな事かねぇ。早くお迎えが来てくれればいいのに」と生前、祖母《ばあ》ちゃん（私の母）の言った言葉がこのごろつくづくと胸に刺さります。

近ごろ仲の良かった同級生の訃報がやたら届くようになりました。私もそれを聞くと年齢を感じたりもしていましたが、この前、同級生で斜め向かいに住んでいた治ちゃんが亡くなったと聞いたとき、私もさすがに驚き、また身体が思うように動かぬいま、年齢を切実に実感しちょっと気弱になってしまいました。

結論。――帰ってくるなら翔惺が高校に上がる前に帰れるように努力してもらいたい……。私が言うこのことは、いまは分からなくても、通大も智巳も今よりもっと大人になったとき、それもそんなに遠くない、ほどなく実感することです。

私の書いた本（『戻ってみたい　もう一度』）の百二十二〜百三十九頁（とくに百二十五頁まで）に書いてあるとおりですが、ゆめゆめ智観おばちゃんの予言をおろそかにしてはなりません。

帰ってくるなら翔惺が高校に上がる前がいいと、私は思っています。三年過ぎるとすぐ高校です。そしてすぐまた大学、男の子三人を大学にやるとなると、それはたいへんなことです。いくらお金があっても足りません。

麻里の家も男の子二人であっぷあっぷしております。だから、子どもたちには国立でないと、私立はとても出せないと言ってあるようです。

夢馬は、先生になりたいそうです。そうすると家から通学で鹿大ということになるのでしょう。国立をめざして高一のいまからもう勉強中です。

ついでながら、本の二百六十三頁からも、もう一度読み返してもらいたいのです。通大にも是非目を通すようにと言ってください。ビールを飲みながらではいけません。素面でよく読むようにと言ってください。

コロナが終息したらまた会えるでしょう。病気をしないように……、その折に詳しく語りましょう。とりあえずお母さんが落ち着くように一筆したためました。

3. 遺影と孫

掃除をしておこうと思って、仏間入口の襖を開けた。仏間の広さは京間の六畳、それに仏壇とその両脇に床の間を位置づけた間取りになっているのだが、襖を開けて、何よりも先に目につくのが仏壇のうえに飾ってある三人の遺影である。

三人というのは言うまでもなく父と母、それに私たち七人姉弟で育ったなかの二人兄弟であった兄の功である。

兄の功は、五歳のとき髄膜炎というあまり耳にしたことのない病気で早世している。位牌には、昭和十六年八月八日寂、とある。私が生まれた年のことだから、私に兄功の記憶はない。

遺影三人の表情は相も変わらずいつも同じで、何を言いたいのか私をじぃーっと見下ろしている。とくに母などは、老いているとはいえ、まるでダ・ビンチのモナリザのように謎めいて微笑んでいる。その微笑みを見ていると、私自身がついつい母に誘われて語りかけてしまう。

「きょうは智巳たちが帰って来るからね、部屋をきれいにしとかんと智巳からまた叱られるのよ……」

今日も遺影に向かってこんなふうに語りかけると、

「ええそうね、智巳ちゃんが帰って来るってね」

母はさもうれしそうに口元に笑みをたたえて私を見つめている。

それに比べると父は、智巳が生まれたことも知らないから、厳めしい遺影の顔がちっとも動いたようではない。まるで苦虫を噛み潰したような厳しい表情をして、私をじぃっと見下ろしているのである。

父の遺影は、生前の母が、

「この写真がいちばんお父さんらしい」

と言って、数枚ある写真の中から選んだ一枚なのだが、日が経つにつれて私も、父の職人気質の面持ちがよく滲みでている写真だと思うようになった。

それにしても父は、遺影の表情に似合わず根が真面目でやさしい人であった。さりとてこと仕事となると、別人のように生き生きとして実に厳しい親方でもあった。

ところが見ていて悲しいことに、父は文字が書けなかったようである。新聞もそうだった、目を通すところなども見たことがなかった。そんな父が、確か私が高校二年生の終わり頃だったと記憶するが、まるで油紙に火でもついたように進学を勧めだしたのである。

「自信がないなぁ、無理だよ」

私はそう言って、受け入れなかったあの時のことを今もよく覚えていて思い出す。

父は十三歳で弟子入りしたのだと、母が夜なべをしながら物語ってくれたことがある。そして腕に叩き込んだ車大工という仕事、口数もそう多くない父が一旦仕事に取りかかるといっそう寡黙になった。だから出来上がった製品には間違いがなかったのだろう、次第に仕事も増えていった。

連日の夜業。新造車引き渡しの夜は、いつも酒宴が催された。今の時代からすれば薄暗いとも思える白熱灯の下で、注がれた焼酎をおいしそうに飲む父。その表情からは職人の厳しさも消えて、ただ満足したような父の顔がいまも瞼に浮かぶ。

父はかねて酒類を飲まなかったせいか、すぐに酔った。酔ったようには見えないが、子どもの私にはそれが分かった。座が引けたあと、それこそ倒れ込むように布団の上に大の字になった父。明治、大正という時代をひたすらに駆け抜け、昭和三十年代も半ばに入ると父の仕事に陰りが見えはじめた。自動車の台頭である。

ある日父は、私を前にして、

「俺はこの仕事以外、遊びも何にも知らんじゃった。今になってみれば碁でも将棋でもなにか一つぐらい覚えておけばよかった……」

と過ぎ越し方をぽつりぽつりと語りはじめたのである。そして、

「セイミツ、学校に行っとけ。親の言うことは素直に聞いておくものじゃ、行っておかんか」

いつになく神妙にして重々しく諭す父。それは明治という時代の中で育ち、読み書きもろくにできない無学な自分自身への挑戦であったのかもしれないが、それにしてもその勧める言葉は、まるで白布にでもしみるインクのように私の心を染め上げた。そして六年後、私は教職の道を歩いていた。

父は喜んだ。それも「セイミツは天職を得た」と噛みしめるように言ったという。この言の葉も、後に母が父を懐かしむように私に物語ってくれた言葉である。

季節は巡りめぐって、時は流れ、昭和も晩期を告げる五十二年二月の十五日は、南国鹿児島にはめずらしく深々と白雪の舞う冷たい朝であった。心不全という突然の病魔が父を襲った。そして——私にとって「父」という明治生まれの名工は、静かに帰らぬ旅に赴いた。それればかりかこの年の夏、暑い盛りに生まれたのが三女の智巳である。

男子の誕生ばかりを期待していた私は、胸の内（また女の子か……）とがっかりもしたが、母や姉妹たちみんなは父の生まれ変わりだと口々に言って祝ってくれた。奇しくも智巳の生まれた八月八日は、先に述べた長男功の命日でもあったからである。

智巳は成人してわが家に婿を迎えた。今ではもう立派な二児の母である。

智巳は二人の子どもを車に乗せて戻って来ると、教えたわけでもないのに何よりもまず仏間に入って灯明し、線香を灯して三人の遺影に手を合わせる。するとそれを見ていた長男の翔惺、訳も分からず母の横に座って、母を真似て手を合わせる。

「ねぇねぇお母さん、飾ってあるあの人たちは誰なの？」

と聞いた。翔惺はとてもやさしい利発な子である。

「あれはねぇ、お母さんのお祖父《じい》ちゃんと、となりの写真がお祖母《ばあ》ちゃん。それにいちばん左の写真が、ほれここにいる翔惺のじいちゃん、の、お兄さんよ」

翔惺には飾ってある幼少のころの兄功がまだぴんとこないらしい。翔惺はちょっと首をかしげていたが、

「お祖父ちゃん、どうしてあんなに怒っているの？」

と、母智巳に聞いた。やはり父の遺影は、子どもの目にも厳しく映るらしい、

「ううん、怒っているんじゃない。お祖父ちゃんは仕事するときいつもあんな顔をしていた

の。だけどとても優しかったのだって、お祖母ちゃんがそう言っていた」

そんな親子の会話を耳にして、

「翔惺、お母さんは、あの飾ってある写真誰だと言ったね」

と私が聞くと、翔惺は横に座している母智巳の顔を見上げ、

「お母さんのお祖父ちゃんと、お祖母ちゃん」

「そうだよ、お母さんのお祖父ちゃんと、お祖母ちゃんだよ。それじゃ翔惺のお祖父ちゃんとお祖母ちゃんは、どこにいるの？」

「えっ――？」

翔惺はしばらくの間、考え込んだように私の顔をじぃーっと見ていたが、甘えたようににっこり笑った。

「そうだよ、翔惺のお祖父ちゃんはここにいる。そしてお祖母ちゃんは……？　そう、いま台所で仕事しているよね」

そう言って、私は翔惺を膝元に引き寄せ、頭をなぜながら顔を上げ三人の遺影に目をやった。と一瞬だった、心なしか厳めしい父の口元が薄くほころんだようだった。

4. おーい雲よ

諺は、「六十の手習い」と教えている。晩学のたとえである。

私はいま、週一回パソコン塾に通っている。もう二年にもなる。この文章の文字もなんとか打てるところまでこぎつけたのだが、それでも齢のせいか、それとも病気のせいか操作をすぐ忘れてしまってイライラすることがたびたびである。

そもそも私がパソコンを習い始めたのは、

「お父さん、パソコンを習ってみたら……」

と、妻が勧めたのがはじまりで、そのとき私は、

「パソコンかー、またどうしていまごろ?」

と重たくのり気でない返事をしたのだった。

「パソコンはピアノと同じで指先を使うでしょう、脳にもいいのではないの」

「う〜ん、いいかもしれないけど俺には無理だよ。あんな小さなキーボードをたたくのは難しいよ。どうしても右手が、肝心のこの右手が思うように使えないからねぇ」

「右手がだめなら左手ではどうなの？　だめかしら。今ならもう左手でも打てるんじゃない。はやく打たなくてもいいのよ、ゆっくりと一文字一文字打てばいいのよ、そのうち慣れるわよ。ね、習ってみなさいよ」

「う〜ん、左手でねぇ」

私は定年で職場を離れると、間をおかず倒れた。脳内出血である。以来右半身は不随になり、現在いくぶんかは回復しているものの、まだ言葉にも自信がないし思うようにも動けない。こうなっていま不自由を感じるのは箸を持つとき、靴ひもを結ぶときなどで、こまごまとした動作に時間がかかるしうまくできない。なかでも文字が書けないのは残念としか言いようがない。

「身体が不自由だからと言って、新聞やテレビだけ見ているお父さんの生活はよくないわ。それこそ身体によくないし、精神的にもよくないはずよ」

「――」

「塾まで歩くのも訓練、塾の階段を上り下りするのも訓練、人中にはいっておしゃべりすることも、今は大切な訓練よ。何もしないのはとにかくいいことじゃない。ね、習ってみなさいよ」

長い間、闘病生活をしていると、いつしか病気に対する闘争心もうせて、あきらめとも投げやりともつかぬ怠け心が芽生えてしまう。

（左手で――、打てそうもないけど――）

と思いながら、私は右手を見た。左手も見た。そして両方の手のひらをグッと握りしめた。握りしめた手の平をまたゆっくりと開いた。同じではない。やはり違う。右指の開きが遅れる。こうして見ると右手が腹立たしく恨めしくさえ思えてくる。

翌日、妻に付き添われ塾の門をたたいた。塾までは五百メートルばかり、往復一キロを超える。教室は大きなビルの三階。みんなはエレベーターを使うが、私は手摺をつかみ一歩、一歩、また一歩と足下に全神経を集中して階段を上がる。

そうして一年が経ち――。間をおいて三人の入塾者があった。三人のうち一人は三十歳ばかりの女性。しかしこの人はどういう訳かすぐやめた。残り二人の男性は、まだ五十歳に届かない若々しさがある。きっと何か目的があって習いにきたに違いない。精力的である。瞬く間に私を追い越したと思ったらどんどん先に進んでいく。

（ああ残念、もう追い越されたか）

私は年甲斐もなくはち切れんばかりの二人が羨ましかった。そして小さな哀しみを覚えた。

が、すぐ消えた。

(だいたい五十代そこそこの若者とくらべる自分がおかしい。いいさ、いいさ、仕方がないもん。自分はゆっくりとでもいいのだよ。昔の人は、夜道に日は暮れぬと言ったじゃないか。私はゆっくりと、それでいい、それでいいのだよ)

そう心に言い聞かせ、手もとにもどかしさを感じながらポン、ポン、またポンとぎこちなくキーをたたく。いまだに上達というには遅々として進んでいない。いないがパソコンに対する不安は消えている。

(不安がなくなっただけでも進歩じゃないか)

と、胸中なにかホッとするものがある。

「先生、今年は暑中見舞いを打てますかね?」

「大丈夫よ。鈴木さん、近ごろずいぶん姿勢が良くなったわよ」

「そうですか、自分じゃちっとも分かりませんけどね」

そう言って私は、少しまがった腰を上げ、窓ぎわに立った。

(人生百年の時代——、八十の手習いか……)

そう思いつつ見下ろす斜め階下は国道220号線。車がひっきりなしに行き交っている。

私の中に、パソコンに挑戦しているという感覚はもうない。かといって病状が少しでも良くなったという感じもない。
やおら視線を天に移した。仰ぐ空には、千切れた五月の雲がのんびりと浮いている。
（おーい雲よ、おまえのんびりできていいなぁ。おれの身体もとに戻してくれ～）
私は、思いっ切り叫びたくなった。

おわりに

老いて、どうやらこうやら書き上げた。

書き上げてみれば、大事な役目の大きな仕事がやっとすんだようで、いまホッとしている。

しかしながら反面、「はじめに」の項でも書いているように、文才もなく、またそういった類《たぐい》のセンスも素質もない私が、表題を『記憶の風景』としたこの本を書き終えてみると、何か書き忘れているような、書き足りないような安定さを欠いた感情がかすかに同居して何とも言いようのない心境でもある。

たとえば「1．ホタルはまだか」に例を取って見ると、「ホタル」の話は、もう五十年にもならんとする昔の話である。それがどうしたことか、あの真っ暗な家の中でパチパチと燃え盛る囲炉裏の粗朶《そだ》の向こうに映し出された親子三人の姿は、いかにも土臭い百姓らしく素朴であって、温かい親子の結びつきのにじみでた家族であったことが私の胸奥に今でもそのままに焼き付いている。そしてそのことをもっと細かにリアルに表現できればと思っても、それがうまくできない。つくづくと文才のなさを感じている。

それゆえにと言ってはおかしいが、私の作法はまったくの自己流で、私自身にしか通用しないのではないかと書き終わったあとで思ったりもしている。

また、もう一つ気になることがある。それは書くにあたって必要な地（個所）を思うようにたずね歩きまわることをしなかったことである、というよりできなかったと言った方がいい。

このことは文中でも触れているように、脳内出血という病魔の後遺症がなせるわざであるのだが、それでもただ歩くということだけでも今度の場合、健康でなければとうてい完全に満足のゆく仕事は無理であることを痛感させられた。

すなわち、もう一度かの地をたずねて歩いてみようと思ったのだが、以前のように歩くことに自信がなくなった今、健康の大切さを身をもって知らされたのである。

もし思うように歩くことができたなら、一カ所一カ所に往時を振り返りながら、また懐かしみながら歩けばもっと内容も重みを増していただろうに、と思うのだが……、如何せん。

令和五年三月

■著者紹介

鈴木成光（すずき・せいみつ）

昭和16年1月24日、鹿児島県志布志市に生まれる。東海大学卒業後、中学校教諭になる。昭和38年、姶良郡横川中学校を振り出しに、県内各地の学校に勤務。平成13年、曽於郡有明中学校を最後に退職。現在に至る。

著書：『ぼくは昭和16年1月24日生まれ　戻ってみたい もう一度』
（2012、南方新社）

現住所　鹿児島県志布志市志布志町
志布志2丁目10－28

記憶の風景

二〇二三年四月三十日　第一刷発行

著　者　鈴木成光
発行者　向原祥隆
発行所　株式会社 南方新社
〒八九二－〇八七三
鹿児島市下田町二九二－一
電話 〇九九－二四八－五四五五
振替口座 〇二〇七〇－三－二七九二九
URL http://www.nanpou.com/
e-mail info@nanpou.com

印刷・製本　シナノ書籍印刷株式会社
定価はカバーに表示しています
乱丁・落丁はお取り替えします
ISBN978-4-86124-493-3　C0095